盛文强

著

渔具列传

GUANGXI NORMAL UNIVERSITY PRESS
广西师范大学出版社
·桂林·

图书在版编目（CIP）数据

渔具列传 / 盛文强著. —桂林：广西师范大学出版社，
2022.2

ISBN 978-7-5598-4471-2

Ⅰ．①渔… Ⅱ．①盛… Ⅲ．①短篇小说－小说集－
中国－当代 Ⅳ．①I247.7

中国版本图书馆 CIP 数据核字（2021）第 237464 号

广西师范大学出版社出版发行

（广西桂林市五里店路 9 号　　邮政编码：541004）

网址：http://www.bbtpress.com

出版人：黄轩庄

全国新华书店经销

广西广大印务有限责任公司印刷

（桂林市临桂区秧塘工业园西城大道北侧广西师范大学出版社

集团有限公司创意产业园内　　邮政编码：541199）

开本：787 mm × 1 092 mm　　1/32

印张：11.875　　　字数：185 千字

2022 年 2 月第 1 版　　　2022 年 2 月第 1 次印刷

定价：72.00 元

目 录

列传第二　网罟

列传第三　钓钩

再版后记

附 录

引　子

壹　海内珍本

本书的原初母本得自胶东民间，为竹纸竖笺线装本（约22.5cm×12.8cm），封面不知在何年何月脱落，纸页磨成了毛边。从开篇的《广渔具图谱传序》（以下简称《传序》）可知，该书名为《广渔具图谱传》，《传序》自陈其书前后始末，末署"枕鱼斋主人"，空白处钤有"枕鱼斋"朱文印章一枚。根据文意，"枕鱼斋主人"应是该书作者自称。这时忽然记起半岛地区有古谚"老猫枕鱼，翻来覆去"，令人忍俊不禁。

得书的经历实属偶然。那些年，我正在胶东半岛一带采

廣漁具圖譜傳序

蓋聞天者五氣之積海者九州之極餘生海島間
素不知絕地之意今真絕地也父兄事漁而獨遭
余向學不意積年屢躓棘闈凡十有五載終爲父
兄側目鄉黨所笑及至科舉廢歸而市魚爲生有
隣翁示漁具圖譜皆父兄所用物也方知有爲俗
物繪像者此何人我隣翁持贈乃作列傳六卷海
角奇聞灼人眼目俚鄙之言不入搢紳今側身荷
擔者流又何謗焉丁巳二月柀魚齋主人識

集渔具实物影像，为拙著《渔具图考》准备第一手资料。这天上午从海滩上采样拍摄完毕，回到渔村休息。当我走进所借宿的渔家大院，女主人见我回来，便搁下针线，起身回屋去准备饭菜。当时正值盛夏，院落里的梧桐树叶投下暗影。高风过处，树下的一张方桌不断在黑暗中进出。我往前趋了几步，立刻进入了冰凉而又陌生的地带。此时忽见方桌上的针线盒下垫着一本线装书，抽出来观看，见封面已残，露出的内页为宋体小字，部分笔画脱落，封底尚在，惜有红色圆珠笔涂鸦的痕迹：一片旋风式的线条包裹下，两条鱼叠加的纹样清晰可见。这是渔家子弟常见的涂鸦方式。书中还夹杂有渔具图样数幅，墨线圆滑婉转，却时有剥落，仓促之中难以辨认，于是向女主人索来，女主人漫不经心地答应了。

归来细看，吃惊非小。这分明是一部来自民间的微型渔具史，内中分门别类，有着完整的体系，而各篇文字却荒诞离奇。其开篇的《传序》是作者枕鱼斋主人自报家门、直陈心迹之文，照录如下：

　　盖闻天者五气之积，海者九州之极。余生海岛间，素不知绝地之意，今真绝地也。父兄事渔而独遣余向学，不意积年屡踬棘闱，凡十有五载，终为父兄侧目，乡党所笑。及至科举废，归而市鱼为生。有邻翁示《渔具图谱》，皆父兄所用物也，方知有为俗物绘像者，此何人哉？邻翁持赠，乃作列传六卷。海角奇闻灼人眼目，俚鄙之言不入揅摭，今侧身荷担者流，又何谤焉？

丁巳二月，枕鱼斋主人识。

从《传序》中所透露的信息来看，我们可以得出以下有效信息：枕鱼斋主人自幼生长在海滨，生活的时间大致在清末民初，其父辈是渔户。他早年间奔走在科举之路，却"屡踬棘闱"，即考场失意，赴试十五年，到头来却一事无成。科举的连年循环原本可以长久进行下去，伴其终老，兴许还会有奇迹出现，但就在这时，时局发生了天翻地覆的逆转，科举制度废除，半生苦读付诸东流，他瞬间被旧秩序抛弃，犹如飞旋的车轮上甩出的泥点，而科举时代的价值观遗留下来的巨大惯性，使他一度不知所措。由"科举废"，我们可以获得一个确凿的历史时间节点：公元一九〇五年。由此可知枕鱼斋主人生活的大致年代为清末民初。从《传序》传达的信息看，在以后的许多年，他迫于生计，不得不以贩卖海鱼为生，厕身于鱼贩之列，并亲自挑担（今侧身荷担者流），亲身领略了底层生存之艰。科举废除之后，多有改习洋学堂或海外求学者，枕鱼斋主人未选择这条路，或是因为家境贫寒，难以支撑其再行深造。《广渔具图谱传》应作于他归乡贩鱼之后，这段经历给他带来的精神上的剧变与创痛不难想见。

枕鱼斋主人在民国初年的写作，和所有伟大的写作一样，都处在"无名"与"无功"的寂寞与自疑之中。那时节，他虽然感知不到写作的动力来自何处，但这执念总在左右环绕，令他欲罢不能，最终他不得不将之归结为冥冥之中的"天意"，除此之外，再难有合适的答案来使自己信服。他的作品在保持了史传传统的同时，融入了异常奇诡的民间叙事元素和审美情趣，使这部东海渔具的野史具备了"灼人眼目"的审美效果。网罟舟楫与奇人异事紧密缠绕在一起，是传奇，亦是日常，他首次把古典海洋渔具的审美与叙事推向了自觉的层面。

贰　作者之谜

枕鱼斋主人的真实名姓已不可考，古来的方志中只有科举得意者与孝妇节妇的名单，因此遍搜了《胶澳志》《瀛崖志略》及各种旧志均未得，枕鱼斋主人是署在书开篇的《传序》中的名字，他的真实姓名，已然湮没。当初存有此书的渔夫姓陈，亦不知此书从何而来，书的来历成了一笔糊涂账。此书若是这户渔夫的祖传之物，枕鱼斋主人便是姓陈了。当然，这一推测是极不牢靠的。在渔村，字纸通常会被小心保留下来，由一户辗转到另一户，在乡间秘密传递。不知何时，它被走街串巷玩耍的村童捡起，一路翻看着走回家里，终被家里大人发现，虽然看不明白，但也是小心翼翼压在炕席下，留作子孙习字之用。古国的乡党逻辑自有其神秘而又乖谬的多重面孔，枕鱼斋主人的幸与不幸皆与此有关。

大凡传奇作品的作者，都在极力隐瞒自己的真实身份，他们善于隐藏一己之名，就像孔雀爱惜自己的翎毛。或许在他们看来，文本永远是高于姓名的真切存在——俗世的名字终将与红尘繁华共赴寂灭，在不朽的文本面前，名姓不值一提。紫式部、荷马、兰陵笑笑生等虚构的符号已经和真名无异，他们的真名成为永久的谜，枕鱼斋主人也当在此列。即便我们得知其真名，它或许也会像"张三"之类的名字一样平平无奇，令人失望透顶。受到系统儒学教育的枕鱼斋主人羞于公布自己的真名，毕竟他所在的时代的价值观念在这里荷枪实弹，而他写的东西是引车卖浆者流的消遣，只有八股文章才是"正业"，虽然科举制度废去，但这一成见仍在。直到今天，写作也仍被视为不务正业之举，即便别人不笑，自家也觉得脸红，古国的这一传统未曾中断。

　　让我们回到民国初年的半岛渔村街道，灰土房依地势雁翅排开，朝着海岸的方向一路下坡，众多土屋也有了浩浩荡荡的动态。此间走来了垂头丧气的枕鱼斋主人，他从二十里外的乡间集市上归来，已过黄昏，天色接近全黑，只有远处海水的光亮维持着残局，使渔村的夜晚来得稍迟一些。二十世纪初的渔村在长夜来临之前死寂一片，屋顶上挂着的一道道炊烟是此刻渔村里唯一的生气。他把箩筐扔在门前，捶打着酸痛的肩膀，一阵酥麻由肩头疾速传到指尖，皮囊下似有无数爆豆在急剧抖颤，巨大的鸣啸在耳内炸开，宛如贯通天地间的一场暴雨。他甩甩头，不由得唉声叹气。这时，是邻居老翁拿给他看的一本《渔具图谱》让他暂时忘记了疲惫，各式渔具的法式合成一册图谱，所列渔具无不穷尽机巧，图谱作者使枕鱼斋主人生出惺惺相惜之意，想到自己倒错的命运，遂作一书，为渔具立传，也就在情理之中了。

《广渔具图谱传》的写作展现出多方面的才华，或记异闻，或述亲历，或考工艺，或取诸野史，繁复的光影与现世存在感层层叠加，其中也不乏已失传的古老渔具的身影，由此也引人不禁感叹，这样的笔墨是难以通过古老帝国的科举考试的，他的个体生来便与同时代的游戏规则格格不入，现实的挫败带来的焦灼令他五内俱焚，却又不得不对人生的剧痛守口如瓶，在人群中保持着不动声色。这种巨大的张力，给写作带来了新的奇迹。是非成败的判断，历来以是否合乎既有秩序为标准，而他显然成了无用的零余者，默默承担着年代强加给自身的一切侮辱与创痛。与其说他在属于自己的年代里匍匐在地，倒不如说是被体制掀翻在地更为恰当，因此百余年来，他的写作一直不为人知，也就不足为奇了。毕竟古国之民的价值观都是围绕吃饭展开的：能拿来吃的就是好的，不能拿来吃的就是坏的。由此类推，写作不能拿来吃，所以写作就是坏的。粗暴的评价体系植根于"民生多艰"的土地上，以一己之身来面对整个时代，其结果不言自明。

在半岛，鱼贩何止万千，但枕鱼斋主人只有一人而已。他混迹于褴褛腥臭的众多鱼虾商贩中，和其他鱼贩一样，满身鱼鳞，在烈日下撩起罩褂擦脸。他在人群中挪动脚步，人群拥堵，他前行的速度完全取决于熙来攘往的人群的速度。

那一刻，他在人群中滑行。

他正如开辟鸿蒙以来的第一人那般清白，又如末世最后一人那般绝望。那时节，在腥气刺鼻的鱼市上，你一眼就能认出垂头丧气的枕鱼斋主人。他抱着肩膀站在集市的一角，身边两只鱼筐里的银鱼如白铁浇铸的一般。

他是我所要寻找的精神同类。

叁 无尽之书

枕鱼斋主人的《广渔具图谱传》今存六卷，是为一本古书《渔具图谱》而作的图传，全书的各篇皆可独立成文。《渔具图谱》不知何人所著，今已散佚，只能从枕鱼斋主人的手稿中见到所录的部分图样。而眼下您手上这部叫作《渔具列传》的书，则是由枕鱼斋主人的《广渔具图谱传》手稿改写扩充而来。为了满足现代读者的阅读需要，笔者将原书的文言文改写为现代白话，并增加了补注和考证多篇，附于每章之后，以期借助专业的渔业史和海洋学科的方法打通今昔时空壁垒，以海洋学、渔具学工作者的视角诠释渔具原理，作为对原作未及之处的补充。

需要指出的是，原书中的故事，每篇只有寥寥几十字，多者百余字，有的只存图而未著文字，并且有大量涂改和污渍，难以成书，故笔者在今译的基础上结合个体经验进行了二次创作，创作过程中植入了大量新文本，以东海旧闻为主，兼及新知。而原书配图完整者只有九种，余者同样遭到涂抹、撕毁、剥落的厄运。今在原图的基础上做了一系列修复工作，均附于本书中。此外，枕鱼斋主人的原著，也有望于近期推出影印点校版，以满足古籍爱好者及渔业史研究者的迫切需要，敬请业界同人关注。

"写作的手就像在暴风中乱挥的手"，这样的手随时有倾覆之虞。我们从枕鱼斋主人支离破碎的写作中，可见其艰难处境：一家人的饥馑摆在面前，生活的怪兽跳上他的书桌，随时会把他手里的笔抽走，他无力抵御，只得转身匆匆离开书桌，为口腹之需穿街过巷，朝夕奔波，所以他的书才会显得如此简短匆促。

追溯本书的前世今生，我们可以知道，《渔具列传》的传承谱系可用下图表示：

......

↓

《渔具图谱》

↓

《广渔具图谱传》

↓

《渔具列传》

↓

......

从上图可看出，三部书并非孤立（虽然可能在它们自己的年代里湮没无闻），而是漫长旅程中的三个节点，全程似乎永无止境。这是一个拒绝开始、拒绝结束的文本，隐秘的渔具之书闪耀在漫长的海岸线上，来回游弋，虽则忽明忽暗，却从未熄灭。

渔具之书不断递增的序列，让人陷入时空绵延无尽的长久绝望中，更兼有对自身视域偏仄的惊惧。试想该书的本源，定是先民初创渔具时，为了测定尺寸而在地上画的几条线——那还是河图与洛书的混沌时代。那个先民用树枝丈量了近海海水的大致深度，也把自己的手臂长度考虑在内，树枝摆在地上，他俯身端详着，树枝在地面投下粗重的黑影。他端详这黑影很久，不愿离去。这人便是渔具之书的早期作者之一。而最早的作者，可能劈手捉鱼而不得，四下里寻找树枝时有了一闪念，电光石火的刹那间，渔具之书的雏形已经开始显现。而远眺其未来，这本书的容量极有可能呈几何级数发展，变成一座图书馆，或者几个巨型计算机才能容纳的规模，甚至到了挤占日常生存空间的地步，遍地横流，人们会踩着不断增殖的渔具之书行走于世，仿佛走在乱石横生的山巅。这样的后果不堪设想，无疑是密集恐惧症患者的渊薮。这种设想只在我脑海中刚一闪念，就赶紧自行掐灭了。

十几年来，我总是隐隐感到，在我之前的二君或许是我的前生，或者说我是他们的来世，从某种角度看，这部书的作者便是同一人了——他在不同的年代分别出现。我们看不到作者们各自的面目，他们之间也是互不相识，但他们手上做的却是同一件事，即：把生命中最美的年华和最澄澈的注意力长久地放在卑微的渔具上，在渔具们被使用、被轻贱的命运中豁然惊醒，瞬间获得主体意识的自我关照，从中发现自身的悖谬存在，以及由此衍生的枝枝蔓蔓，闪电般降临的沉恸经验直抵内心。书的命运如此坎坷，或许这就是渔具之书赖以传递的原初动力。

三部书，由三个貌似毫不相干的人默默传递，他们虽然在各自的年代里不为人知，却以不同的方式促成了渔具之书的增殖，以异乎常人的偏执与耐力，凝视并思索着不为人所熟知、不为熟知者所关注的渔具。渔具的诸多物理属性已和这几个人的性格难分彼此，对渔具的内在秩序与意义的终极狂想，照亮了他们在尘世间的卑微命运。

隐秘的渔具之书，在世间潜行。

肆　渔具叙事

在看到枕鱼斋主人的《广渔具图谱传》后不久，我便在青岛的"国际海洋学年会"上邂逅了老迈的英国海洋学者莱夫特·阿姆斯特朗博士（Dr. Left Armstrong）。在休会的间隙，他反复对我说："Force is everywhere."。他说这话时，右手手掌总要顺势劈下，以显郑重其事，自上而下劈去的手掌鼓起劲风，凉意陡生，有力印证了他的"力无处不在"的高端论调。我却对此颇不以为然，对力的膜拜也许是机械工程学学者的普遍症候。福柯说："知识分子正是通过垄断了对知识进行定义和分类的霸权而实现了对整个世界的统治。"自负情结可以代表不同学科的不同学者——在概念即真理的"文明时代"尤甚，即便他们可能一无所知，甚至与真理背道而驰，但只要掌握概念，掌握概念的解释权，随时祭出概念的法器，便可睥睨一时。后来我主动疏远了这类角色，选择了自己的实践道路，毕竟夸夸其谈没有成为我的职业，脱离实际的空谈理应远离。这并不意味着偏见，只因本性有异而已。

　　许多年后的今天，当我在东海做渔具模型试验时，外部环境的种种迹象却无意中印证了"力无处不在"的论调，这显然是学者难得言中的一次。然而，我所见者，实非形而上的头脑体操，而是触手可及的客观实体。在东海之滨，我被各种真实之力的交叉作用深深吸引：铁锚揪住泥沙不放，绷紧的缆绳似有断裂的危险，卡在网扣中的一只斑节虾剧烈抖动，细小的身体散发出持久不竭的动能。没有月亮的夜晚，微风，我选取的观测点海拔仅0.53米，不远处的海水中扭动着半透明的诡异蓝光，那是发光的蓝藻群在随波浪上下蠕动。这时我才感到，整个海洋都是活的。渔具也不是工具，它们是独立的生命个体。枕鱼斋主人以"列传"为题，或许是看到了渔具的力量以及与之对应的人格化特征，这也反映了枕鱼斋主人独立的认知体系。他是把渔具当成人来关照的，使用渔具的人在他的眼里反而是渔具的附庸和衍生物，受到渔具的驱使。

由此联想到枕鱼斋主人的写作。他在他的年代里显得像个小丑。渔具叙事成为他观察时代的一个分镜头，是滚滚红尘中的西洋景，他就是对着小孔观看的那个人。对他来说，形形色色的渔具经眼后，天下事，便可知矣。渔具符号成为主体与客体共同的投影，高度集约的概括力量都体现在渔具的细部，包括竿、钩、绳的微妙弯折与变形，都在无意中泄露着现世之谜，渔具的实用性隐隐蕴含着简约质朴的美学特征，连接着原始的混沌精神，古老的审美传统没有随着时光的流逝而失落。渔具正是活着的古物，它们带着渔猎时代的尖锐芒刺，从海角一隅破空而来，刺穿了丝绸衣袖的花鸟纹饰。

渔具是古老的东夷部落精神的孑遗，其背后既有无可比拟的景色，又有激动人心的传奇故事。许多年后，当你来到半岛的尽头，会看到临海的峭壁直上云霄，千万年来不停击打石壁的涛声盘旋着飞升，鸥鸟双翼尽湿，它们惊叫着飞远了。先民手里的渔具早已灰飞烟灭，同样灰飞烟灭的，还有那些驾驭渔具的先民的壮硕手臂和肩膀，但古老的东夷部族的彪悍与峥嵘必将长存。

枕鱼斋主人的原作大致分为六卷：《舟楫列传》《网罟列传》《钓钩列传》《绳索列传》《笼壶列传》《耙刺列传》。其中，《舟楫列传》写到了承载与担当，兼及变幻无常的漂泊命运。《网罟列传》写的则是包藏祸心和贪嗔，人心不足，则难免鱼死网破。《钓钩列传》是重重欺骗与反欺骗的奸狡游戏，《绳索列传》说的是衔接粘连之术，《笼壶列传》穷尽奇趣，《耙刺列传》则褒扬原始的膂力。凡此种种，皆言短意长，在此不做一一列举。

是为序。

盛文强

初稿：二〇一三年四月，于青岛

改定：二〇一五年八月，于青岛

修订：二〇二〇年八月，于青岛

　　　　　　　　　　　　　　　　渔具列传

列传第一　舟楫

一　船之眼

　　一堆乌黑的铜钱堆在火炕上。层层覆压的鳞状云团——在世上流转了几百年的铜钱，从一个口袋到另一个口袋，无数人的手指肚正如铁砧，在无声的传递中，将其磨成了边缘锋利的薄铜片。铜钱上布满了无数死者飞旋着的指纹。

　　一百年前，在半岛，布衣蔬食的前生。你推开米店大门，突如其来的白光照进暗室，在你脚下铺开一条锥形的光带。门框周围烟尘四溢，在白光里飞舞不止，其间夹杂着陈米中滋生的黑壳甲虫。你在烟尘大作的背景中勉强镇定心神，掏出铜钱来买米，浑圆的钱币在米店的钱匣里滚落，铿然有声。木门打开，门外的长街上，人群流淌。就在刚才，指纹已经嵌在钱上，成为铜钱的一部分，不会因人世代谢而

船帆

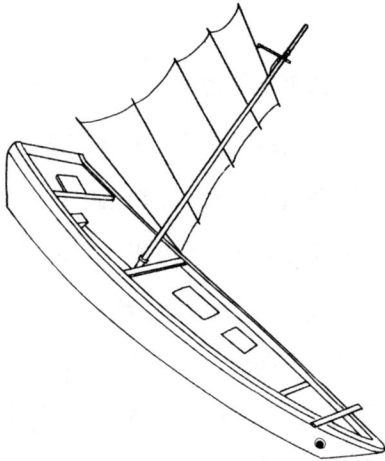

改变。

　　一百年的岁月往替，山河日非。当年经手的铜钱再次来到面前，你把它举在窗口的四棱光柱里端详，铜钱忽然嗡嗡低鸣，在指尖轻颤，正是那段被锁住的声响，今日得以重现，前世的钱柜在眼前不断闪烁。是否在记忆之门打开之时，都会有这样的晕眩？而你是否会从铜钱表面认出自己前世的指纹，并且默默流泪？

　　黄铜的光泽已被尘世间的污垢所遮蔽，天色渐暗，海上风暴即将来临，满炕的铜钱隐入黑暗。那些圆点模糊不清，让你想起有一场急雨打在久旱的土地上，无数深黑的圆点顿时连成黑压压的一片，最初的圆斑早已无迹可寻。每个人在生命的早些时候，都会有这样的记忆。以后的许多年，这样的场景不时出现在梦境中，或者一低头的瞬间，只不过随着年齿日增，许多事就在庸碌无奇的日子里被随意搁置了。

　　那个夜晚距今已有上百年了，黄昏因暴风雨过境而提前来临，每当我们回忆起这个夜晚，屋外的天空总有短尾鹬飞过，灰色翅膀扇动的气流使门窗轻颤，在耳中留下经久不息的鼓荡。那天的黄昏提前来临，似是不祥之兆，几代人对此深信不疑。

你知道，这些铜钱要钉在新船的船头两侧，作为船之眼，铜钱的外围还要以黑漆描出眼眶，甚至睫毛和眼眉，这铜钱便是眼珠。那时节，破浪而来的船头上总有一双美目，顾盼生辉。据说铜钱之眼可使船在危难之时开眼视物，水中暗礁一览无遗，船在这时会自行躲避，不需要人来操纵，种种妙用，皆是船眼的神异之处。

另外，船开眼之后会有白光大作，可以吓退海上兴风作浪的海怪，保护船不受沉覆之祸，船眼因此成了一只船的核心部位，开眼也必有隆重的仪典。它的神效虽然没有人见到过，但人人都相信。这是祖辈传下来的造船风俗了，铜钉穿过铜钱的方孔，摩擦阻力带来了刺耳的声音。开眼的仪式由族长来完成，必有一双枯手，挥着锤头，把钉子揳进去，闪亮的新钉帽更加衬出了铜钱的黯淡。族长踩在长梯上，锤子每一次落下，梯子的两只脚便在土里下陷一分。

几个月的劳碌在此刻一扫而光。

孔方兄能开路，宝相庄严的神佛见了它，也会喜笑颜开，钱放在船头无往而不利，古老的信仰总是合情入理，并能自圆其说。

那年春天，一夜大雨之后，岛上迎来了湿漉漉的早晨，滴答滴答之声还在橹角继续。族人聚集到海边，新船上的黑油纸揭掉，赤松的新木发出灼眼的红光。三十条新船，组成了浩大的船队，在外滩一字排开。岛上居民扶老携幼出来观看，人们踩在爆竹的红纸屑上，鞋底柔软。那时节，无数花苞在雨后的浓雾中绽放，随即被雾水粘成一团，刚开放便萎缩了。

新船队好似从天而降，船头昂起，须仰视才见，桅杆仿佛来自云间的闪电，纵贯而下，桅端的蜈蚣旗洒下道道红光，每个人的脸上都是红扑扑的。这真是我们家族最为昌盛的年代，三尺孩童都能摇船荡橹，在海上疾奔，村妇则忙于织网，运梭如飞。从半岛出发，远赴东海的捕鱼船队，约有六成出自我们的家族。船舷上那些忙碌的侧影，有着极为相似的面部轮廓，那是血缘的印迹，一个海上家族的盛年时代，欢欣无可比拟。

在这热闹的场面下，谁也没注意，渔村里新来了一个跛足的中年乞丐，他来自半岛之外，仿佛来自冰天雪地的遥远国度。此刻，乞丐正坐在人群外围，透过人们叉腰时手臂所弯成的弧形豁口，他看到了远处海滩上的新船队，才知道这是新船的下水仪式。他被热闹的场景吸引，在地上坐了许久才一瘸一拐地离开。你知道，这是很久以前的事情了，那时还没有你我。

当天晚上，族人们在渔村前的空地上举行庆功宴，庆祝船队落成，第二天就要远航了。酒宴摆了几十桌，从岛外来的中年乞丐也被邀到席间落座，这被看作前所未有的慷慨施舍。作为回报，乞丐在酒酣耳热之际从席间起立，像雨后的一颗黑斑菇摇晃着拱出地面。他敲着竹板唱了一首《财源广进歌》，赢得阵阵喝彩。一曲唱完，他又回到黑压压的人群之中。这时，人们换上了大杯来喝酒。不多时，几十桌人都醉倒了，有的趴在桌子上，头枕着未吃完的半尾梭鱼睡着了，还有的滑到桌子底下，互相枕藉，鼾声如雷。桌面上的杯盘也随着鼾声微微抖颤，杯里的酒荡开了密集的环状波纹，碰到杯壁又荡了回来。

月到中天，乞丐最先醒来，摇晃着朝海边走去。他不知从哪里拿来凿子和锤子，借着酒力爬上新船的船头，把铜钱一一凿下来，一直凿遍了三十条船，六十个铜板在他的钱袋里沉甸甸的，腰间的麻绳也被坠得绷紧了。那晚乞丐在最后一条船的船舷上唱歌，族人们却在沉睡，其中有几个年轻人在蒙眬中听到了古怪的歌声，"像造船工地上锯湿木的声音，吱吱呀呀真让人心慌"。

乞丐揣着钱袋，里面装着三十对船眼——六十个铜钱在贴身的布袋里默不作声。他忙完这些，连夜离开了半岛。我们再也没有见过他，他为了六十个铜钱的小利而酿成一场滔天灾祸，他当然不会为此感到羞愧。

第二天，船队起锚出港，谁也没有注意到小小的铜钱不见了，有上百人跟着船队出海，他们都是家族里的青壮劳力，还有十几岁的孩子。浩大的船队一去不复返，百余人全在外海的风暴里沉没。

父亲对我说："多亏本族还有一个遗腹子，那就是我的曾祖——也就是你的高祖，要是没有他，如今这世上就没有你我。"

那时，我的高祖只是三个月大的胎儿，尚在母腹中，他还不知道这一切，更不知道，他所在的家族堪堪覆灭。他未出生之时，家族的希望便已落到他身上，他在腹中就已承接了无数目光的重压。这些目光来自族中的寡妇们，胎儿不由得发出一阵阵痉挛，那是他无法承受之重。

没等父亲说完，我额角已经冒出了冷汗，风中的两鬓微微一凉。我记起这位高祖了，他的坟冢立在渔村中央的山岭上，有着两丈高的石碑。我们作为他的子孙，常到坟前，给坟堆土、栽树，坟冢才有了今日的规模。他在世时，四处寻找那个乞丐，但一直没有找到。他无数次乘船离开半岛，又无数次沮丧地回来。他垂首走在铺满石板的码头上，两边的窗户里许多双眼睛在看他，他承担着这些目光的压力，把脚底的石板踢得山响。夕阳把他的影子拉长，他的形象出现在每家的窗口，屋里满是他的黑影，他把黑夜带回了家。

这位高祖在仇恨中来到世上，又含恨离去。在他落地之初，守护他的，是族中的寡妇们，他离去之时，已是子孙遍地，枝叶葳蕤，我们都是他的子孙。他羡慕那些没有仇恨、无忧无虑的同龄人，或许他对彼此间不同的存在进行过长久的思索，引发过一次次揪心之痛，又一次次无解而终，就像船眼和乞丐的下落，难以寻见。

父亲又对我说："船眼哪是随便能动的？动一动，轻则丧命，重则灭族，动这船眼的乞丐，是我们宿世的仇人，你生来就是走南闯北的人，你一定会找到他。"

可惜的是，我至今没有找到那个乞丐，时间过去了太久，他早已不在人世。

船眼一破，竟然回到了混沌之初，船毁人亡，族人的生息繁衍不得不从头再来。遭此人祸，族中幸存的老人和妇女终夜哭泣，户牖间的月光照亮泪珠，光华缭绕其上，每家每户的窗前都有珠光闪动。

我不禁想起乞丐唱歌的夜晚，不成腔的野调触及水面，在海上传出几十里，海面平滑如镜，月光照彻，整个海湾闪着水银似的肥腻之光。原本安静的海上之夜，传来乞丐的歌声，惊起黑礁背后那些沉睡的海鸟，它们在月夜中起飞，盘旋在闪耀的银镜之上。它们的毛羽也映满了银光，那么多白亮的细脖呼啸着一闪而过，头也不回，飞向未知的乌有之乡，正如家族中那些溘然长逝的族人——他们在半岛的夜空上疾走而过，不住地抖着衣冠，或许是空中过于寒冷的缘故。天空之下的我们困守在屋顶的穹窿以内，在静夜里侧着耳朵听。

你知道，这是我们家族最危难的时刻，虽然那时还没有你我，但我们在那时都命悬一线，随时都可能崩断。

二　泥舟

他回来了。

回来的路上风暴止歇，海面骤然平静。小船顺风顺水，他蜷缩在这只家传的泥舟上，抬起左臂遮住了前额。

小舟在水面上滑行，微风下的波纹几乎不可见。船后的水线在蓝色波涛中翻白，把海湾劈成均匀的两片，一如摔碎的镜面。裂缝两侧的海水互不相让，在各自的内部形成了半圆形的环流，而这一切似乎都是被他的小船给搅动的。船过后，留下深深的辙印，水底的鱼虾也难以越界，水族众生纷纷向水线两侧的半圆形海湾里逃逸。他的归途满是喧闹。

在近乎凝固的海平面上，他的泥舟疾驰而来，离死亡的深渊越来越远，正如草叶上的黑蚁挣脱露珠，向着干燥之地

泥舟

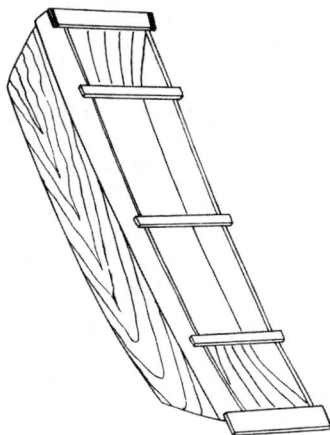

奔逃出来。

远远望见他回来，岸边的人群发出一阵骚动，呼喊声贴着水面传出很远，他扣在船舷上的十指感到了那阵波动，手指肚一阵酥麻——他的手底嘈杂，不论高声还是低语，都被他触到。他却对岸上的人群无动于衷，照旧在水面上滑行，摩擦而生成的水屑在船尾迸溅开来，打湿了他的头发，他就这样滑向人群——那一片黑压压的无垠蚁阵，他们被海水拦挡在了岸边的黑礁上，在焦急中探头缩脑。

他闭上眼睛，耳边只剩下风声和水声。他在昨夜暴起的风和水中耗尽了力气。大船沉没，他抱着泥舟跳水逃生，海浪几次要把他的手掰开，他都挺住了。归来的路上，依然是风和水相送。

他摸着身下的船板，松木吃水，湿润如雨后的土壤，颗粒丛生。指印深嵌在船板，板上密集的毛刺也在他的手底断裂，在船底的水洼里四散而去，如水面上溺毙的昆虫。望着这些细小的木屑，他忽然想起这小舟初造时的情景。

那时他的父亲还在，父亲在自家院里的泥土地上画了线，将铁锥探进泥土，躬身疾走，新翻开的泥土里闪着黑光。他不禁眨了眨眼，小船的瘦小身形已在地上显现，就像他在阳光下的一道暗影。

父亲依着地上的图形下料，一指多厚的长条红松板盖住了船形图案，落在图形之外的多余部分都被截掉了，与船底同宽的三条横木钉在了船底，船底终于拼成。他跳上去，就像站在一条真正的船上。院子里的方形土地就成了波涛汹涌的海面，黑土瞬间变蓝，地面抖颤，整座院落都在他眼前摇摆起来。父亲赶忙把他拽下来，他的脚刚落回地面，院子就恢复了平静，水缸里的水溢出了大半。多亏它是倚在墙角，要不然随时都可能摔倒。缸里剩下的水一下下撞击着水缸内壁，这让父子二人大为惊愕。时至今日，造船的人家还总不忘拿绳索把水缸固定在墙上，缠绕多匝，以防孩子跳上船板嬉闹而震翻水缸。

在父亲的呵斥下，他不敢再闹了，收拾了院子，开始和父亲一起上舷。

舷立如山，水绕于山下，依山而流，何曾见水淹没过山？好像只有白娘子才能做得到。父子俩说着，就沿船底立起一圈木板，立在地上画好的线槽里，严丝合缝。紧接着，船舷和船底的衔接处，就有一圈密密麻麻的铁钉钻进了红松木，瞬间不见了踪影，只留下钉帽。一排整齐的针脚，照亮了小舟的扁平轮廓。

父亲在这时总是不惜铁钉的。为了牢固，他又在船舷之上加了两根横梁，紧贴着船尾加了一根，船正中也加了一根，看上去像戴了大枷。父亲还在中间偏后的位置，加了一个木架，像竹篮的提手。父亲把胳膊伸进木架里，就跟挎篮子一样，把小船拎走了。船身斜靠在后背，船尾在上，船头指地，船底的长条木板盖住了他大半个身子，垂下的船头压在大腿上，他也毫不在意，刨花和锯末从船底洒落。他将前往不远处的海岸。这时节，许多人和父亲一道，都拎着泥舟来到海边，众人在做同一件事：在船底的木板缝隙里塞上浸过桐油的棉絮和麻绳，为了使新船滴水不漏，工作中不得不使用了锤子和錾子。

这样的小船就是泥舟——在滩涂上的浅水中专用的小船。落潮后，泥舟就下水了。在那片齐腰深的浅水区域，驾船的人左腿跪在船尾，双手扶住木架，右腿伸进水中，正触到泥地，奋力往后一蹬，小船就朝前冲去。到了无水的泥滩，小船照样可以滑行。滩涂中布置的流网露出水面，落潮后，网中留下了鱼虾，潮水把它们抛弃了。泥舟靠近网边，网兜里的鱼虾都被倒进了船舱。暮色四合的海湾里，有十几只泥舟飞来飞去，把夕照下的海滩切割成碎片。那时他还小，眼见着小船在水上来回滑行。有的小船被潮水冲走，一去多年杳无音信，从此他隐约知道了和船有关的漂泊与哀愁。

新船被连根拔起，从院落走向海滩。它走后，地面上依然保留着船形的划痕，他拿来扫帚扫平地面，就像什么也没有发生。许多年来，这高墙之下的院落，不知长出了多少只泥舟。

父亲说："这院子底下原先是海滩，后来海水退远了，才在这里盖了房子。"当初的海滩上，船只覆没朽坏何止千万，挖地基时就挖出了小山似的船板和橹桨。如今倒有那么多船从这片地上长出来，可见地下的沉船已经多到无处安放，才会重新现形，以稍稍缓解地底的拥堵。

他躺在泥舟上，抚摸着红松木的船底，木纹坚硬如铁，这是哪只古船在今世的幻形？它猝然来到世上，用别样的面目出现，究竟是为了什么？浩大的时空足以阻隔一切。

许久以后，他开始相信，安全归航是出于船的庇护，若这只泥舟是某只古船的来世，那么他自己的前世，也必将是那只古船的水手。遥想当初，泥舟在院中破土而出，它的到来，只为今日救起故主，以一只船的记忆，在东海一隅的千万人中找到他，然后又把他从风暴中带回岸上。而他，也在生死一瞬忆起了前尘，种种琐碎，都在那一刻重新拼贴组合。

他在昏迷中抬起头来，看见自家院子里地面松动，土层开裂。浮土腾跃至半空，凝聚成黄色的尘埃，地下冒出了几百年前沉没的那些古船，龙形和虎形的船头拱出地面，随后整只船破土而出。紧接着，不断有船冒出来，不暇观瞻，它们就已漫过墙头，飞向了天空，青瓦屋顶上揳入了古船的尖角，瓦片碎裂之声不绝于耳，梁柱上有陈年沙土落下，躲在屋里的人们咳嗽不止，有人还流出了眼泪。

人们离开自己的屋子，如同蚂蚁离开巢穴。他们涌出家门，在街上四散奔逃，弄堂里人流滚滚，古船的暗影投射在每个人脸上。所有的人都抬起头，望着令人目眩的天空。一个个船底清晰可见，人群仿佛站在水下，抬头便可望见水面，密不透风的船底在头顶无声滑行，朽坏的木屑自天空纷纷落下，落在每个人的头发上、肩膀上，地面瞬间变了颜色。不多时，木屑之雪将渔村覆盖，古船的灾祸到此终结。而渔村也不见了踪迹，渔村的记忆也连同那些高大的房舍及门楼一并不见。

　　——记一次风暴中被吹走的渔夫，以及他从海上漂泊回返时的梦境。

三 橹桨通神

橹桨并称不知始于何年。古语有云，"长者为橹，短者为桨"，实是橹桨的精要之处。橹深入水中，在船后不停摇摆，推动船前进，与巨鱼之尾的功效相仿。而桨多为短杆，用于两三人的小船，在船舷两侧使用，使船者双手执桨，桨叶不断出入水面。

一长一短，一缓一疾，这便是橹和桨最大的区别了。古时的蜈蚣船，橹桨叶片密布，在波涛间行动，如蜈蚣疾步，俨然是海上的千足虫，能在水面瞬间移步疾走。

橹的性子温和，桨则刚猛迅捷，这和它们的属性有关。在半岛，我遇到过不少橹手和桨手，他们在起航之前坐在岸上抽烟。在远处观看，就能知道他们的身份：气定神闲的是

渔具列传

櫓手，高谈阔论的是桨手，在海岸上密密匝匝的人群中，一下子就会认出他们。不管在水里还是在岸上，他们的姿态都和橹桨保持一致。他们是最为忠厚的渔人，橹桨对他们的人生影响深远。身在海上，他们以桨为枕，白天看云，夜里看星月，而小船早已飞到烟波之外。橹则摆动大尾，在水下暗自蓄力，一路摇出尘世。

桨是常见之物，常有渔人扛着桨走在回家的路上。每个渔户的院子里，也会看到悬挂在墙或随手扔到地上的桨。沾了海泥的桨变得灰蒙蒙的，像一座微型的废墟。钉在桨叶上的铁钉锈坏了，钉帽早年间失落在海里，桨上只剩一个黑点，不住地朝四周扩散着铁锈，锈迹有鸭蛋大小，仿佛溃烂的毒疮。

许多年前，半岛流传着渔夫持桨闯龙宫的传说，今天还有老人记得。桨轻便、灵活，居然在故事中充当了宝刀的角色。你知道，那是许多年前的事情了——东海龙王嫉恨渔夫得到了网梭，于是派龟精到渔村把网梭抢走。那时候网梭还是稀罕之物，人们还没有掌握用竹木制作网梭的技术，世间只有一把网梭，是东海仙人赐给渔夫的金梭。金梭在渔家轮流使用，一旦失去，就不能织网了。龙王抢走金梭之后，有个渔夫不服，一路追着龟精来到海边。龟精就地一滚，落到海水里不见了。渔夫举起桨一劈，海水就分开了一条道路。渔夫踏步走了进去，几个虾兵蟹将过来阻挡，都被渔夫挥桨劈作两半。渔夫一路杀到水晶宫前。龙王来到宫门定睛细看，原来那桨是千年海柳木做成的，削铁如泥，渔夫无意中得了这样一件宝贝。以龙王的法力，也对这支桨束手无策。桨叶一路劈削过来，无数虾兵蟹将身首异处，宫殿的廊柱也被劈成几段，大殿摇摇欲坠，龙族四处逃逸。龙王见势不妙，忙让龟精交出了网梭。

眼睁睁看着渔夫扬长而去，龙王转身面对着倾覆的宫殿，满目都是倾颓的廊柱、哀号不止的兵卒。作为水族之神，龙王何曾在凡人那里吃过这样的亏，难怪龙王最后郁郁而终了。他的龙骨漂到岸边，被渔夫们用来做成房屋，称为龙骨屋。渔村有许多房屋的大梁至今还是白的，即便是在暴雨天里，这样的屋顶上也是滴水不沾。海啸来袭，潮水涌上岸，淹没了村庄，龙骨屋的屋顶上站满了人，那里是大水中最后的安全之地。

下面该说说橹的神通了。有一种海怪，是渔夫们赶夜海回来时常遇到的，那是青螺的幻形在作怪。渔夫走着走着就走到了黑处，不见光亮，脚下的路乍看上去像是直线，实际上却微微弯曲着。那是一个硕大的圆环，夜归的渔夫在里面绕来绕去迷了路，走到半夜还找不到回家的路。有经验的老渔夫会猛然惊觉：这一定是走进螺壳里去了。如果你手里正好有一只从船上拿下来的陈年木橹，把柄朝下，往地上狠劲一截，那无边无际的螺壳就会裂开缝来。大地隆隆作响，空中划过一道闪电，那就是螺壳碎裂的豁口。青螺忍痛遁走，霎时间混沌散去，你会重新见到漫天的星斗月光，再看手里的橹，柄断成了三截掉在地上，手里抓着的只有一片橹叶。这片橹叶不能丢，靠它才能安全走完剩下的路。

有了这样的故事，赶夜海的人受到启发，回家时总喜欢拿一只橹，或者扛在肩上，或者倒拖在地上，为的是预防迷路。有橹在手，果然气壮了不少，从此以后再也没有迷路的人了。后来当地出了一位极聪明的手艺人，他听到这个故事之后，便用桃木和鱼骨雕成橹的形状，穿了红线做成项链。他在海边等候归航的渔夫，渔夫们靠岸后，他就开始叫卖自己做的项链，宣称戴在脖子上，作用和橹是一样的。

作为饰物的橹，我见过一回。表弟前年出海捕鱼，几个月后他回到家，我看到他脖子上拴了根红线，单薄的汗衫前襟透出了长柄的橹的形状。我忽然想到，"橹"和"路"在半岛的方言里是同一个音，但愿这只橹能时刻陪伴表弟左右，在妖魔环伺的黑暗中，给他留出一条回家的路。

多少年了，我一直在找这样一只橹。尤其在我走投无路时，我多想有这样的橹攥在手里，狠狠戳进混沌的大地中，泥沙及石块的爆裂通过木柄传到掌心，带来阵阵剧痛，我几乎要撒手扔开橹柄了，就在难以把握之时，澄澈的天地会及时回到我身边。

我想念神奇的橹，想念它云朵般徐徐流动的木纹，那是在深山幽谷中生长多年的岁月之迹。自然之象至真至简，却令人感慨万端，除了草木的肌理之美，还有驱除混沌的威力。可惜的是，直到现在为止，我仍然没有找到它。

四　桅端之巢

耳边隆隆作响，耳廓振翅欲飞，正逢海风贴着水面飞来。旧帆布上滚着雷声，由帆的中心荡向帆布边缘，似乎永无休止。海边的孩子跑出小屋，迎着风来的方向变换口型，不时扭动脖子，就可使灌进嘴里的海风发出不同节奏的声音。孩子张开的嘴，正如古埙的音孔，唇齿间鼓荡着呜咽的低音。水鸟刚从岸上飞起来，就被风吹得歪斜，紧急迫降到礁石上，翅膀还没收起来，又给海风吹乱了，连收了几次翅膀才得以落地。它扭回头梳理自己身上的羽毛，就像梳理着一件蓬松的旧大衣。橘红的长喙穿过白羽毛，细小的绒毛不断飞出来，逃离身体，箭镞般射向下风方向。它把羽毛收拾好，翅上的翎毛折扇般合拢，它躲在礁石后面喘息着。

海风在警告那些走到海边，并且试图冒险出海的人——从哪里来，就回到哪里去。许多人还没有拿定主意，就被海风劝回家了。人在海岸上如果禁不住风力，仰面摔倒在地，所幸还有大地托着，倒地后还能爬起来，最多沾上一身泥而已。如果是在海面上，就没那么幸运了，船遭遇风暴会坠入无底的深渊，从海面到深渊，只有一阵风的距离，却足以通往暗无天日的幽冥之路。

海边的小木屋里，窗框颤动不止，固定玻璃的钉子也松动了，玻璃的一角发出嗡嗡的蜂鸣。一场大风刚刚在海面上降临，是从遥远的外海吹到陆地上来的风，到了屋外已是强弩之末，而海上又不知有多少人一去不返。

海湾内的弧形地带里，要经常弓着身子走路，因为在这里直着身子是走不动的，海风会把上半身吹歪。站在礁石顶上，迎面而来的风会把人吹落，落地时轻飘飘毫无损伤。有风垫在脚下，稳稳托住鞋底，人也只有这时才会知道身子是累赘。许多年前，海边降下的一阵雨都是横着飞的，地上落的水迹也是长条的鞭痕，沙滩被划出了条状斜纹。这些斜纹指出了风来去的方向。

那些年，海风改变了很多事情，包括我们躬身走路的姿势、向后倒伏的头发、从船上旋转着落水的鱼筐，以及海边歪斜的树、在半空中和风僵持着的海鸟。所有的一切都行色匆匆，带有了风的性格。人们恨不能在胸口开个洞，好让风穿胸而过，把迎面而来的巨大阻力化解掉。

古老的传说里还真有这样一个穿胸族，族人的胸前都有一个大洞，做衣服时先要在前襟后襟分别裁出一个圆孔。穿胸族的人民是典型的渔猎民族，这胸前的大洞自然是久居海边的缘故，海风在他们身上寻找通道，久而久之，竟然洞穿了前胸。他们在风中穿行无阻，风经过胸口时都漏掉了，海风在他们面前化为乌有。走在风中，总会想起健步如飞的穿胸人，海风在他们面前束手无策。

海风是危险的，这让我想起了一个和海风有关的故事。

那一年，父亲所在的船准备起航了。鞭炮声中，新船带着松木的芬芳下水，鞭炮的红纸屑洒满了水面。人们拍手叫好，船东站在船头给孩子们分糖。这时，风中斜着飞来了喜鹊。它歪着头躲避鞭炮留下的浓烟，鞭炮的红纸屑落在它头上，它也毫不在意。它衔着树枝，在桅杆上做窝，人们面面相觑，谁也没敢上前打扰。几天的时间，窝就垒好了，又过了几天，它开始孵蛋。新船起航的日子迫近了，桶装的淡水和食物也陆续运到了岸边，船却迟迟不动。接连几天，船东跑过来催了好几趟，全船人都坐着不挪窝。大家一致认为，应该等小喜鹊随父母飞走时再起航。就这样，前后等了一个多月，小喜鹊羽毛日渐丰满。这一天，人们来到海边，发现巢已经空了，几片白色绒毛挂在巢边凸起的细枝上，在风中跳动着。小喜鹊们跟着父母飞走了，它们终于离巢而去。就在这一个多月里，海上陆续传来渔船遇到风暴的消息。

是喜鹊把我们从风中救出来的，船上一个水手对我说。

从那以后，大人就嘱咐孩子们，不准掏喜鹊窝。这个规矩传了不久，喜鹊就在半岛上繁衍开来。凡有树梢处，便有圆滚滚的喜鹊窝，雏鸟在窝里伸出头来，朝天张着嘴。那些突然出现在路边的喜鹊窝，是树身上的肿块，原本苗条的树枝像孕妇一样臃肿。

看到喜鹊逆风飞在渔村的上空，我就会想到这个和海风有关的故事。

喜鹊飞在渔村上空，风速和它的飞行速度大抵相当，于是喜鹊悬停在空中，与海风僵持着，成为半岛上常见的一景。

在半岛，喜鹊的巢穴也常被海风掀掉，雏鸟掉在地上，叽叽喳喳叫着。作为泄密者，喜鹊默默承担着海风的报复。在海边生活的喜鹊，不住地在风中起飞，侧着身子在几股风柱之间穿行，你从它身上看到了与自身相似的命运。

五　覆舟记

　　那天我一早就动身，在路上费尽周折，回到半岛时已经很晚了。暮色中，我还是看到了那条白亮的小路——它从海滩那边伸过来，擦着村子过去，一直通到山坡上。山坡朝西北方向攀升，那里没有高大的乔木，地上只有些地龙草。许多年了，这些地龙草还在匍匐前进，枝蔓上垂下的气根又扎回到地里，做成了死结。它们经常暗中发力，将往来行人绊倒在地。

　　每当秋季到来，地龙草变得通体灰黑，映得山坡也是灰蒙蒙的。同样灰黑的蚂蚱藏在草中，随时会撞到人。有一次，我遇见一只螳螂，也是灰色的，它站在蒿草的顶端，独自舞着大刀，四周空旷。它的武功也一定是寂寞的。

到深秋时节，上山的小路愈发白亮起来，路边的地龙草被来往的鞋子踢折，露出未见阳光的雪色内瓤，给小路加上了星星点点的光晕，在荒野里猝然出现，常常让人眼前一亮。山坡沿着白色的路裂开，这是特殊的留白，正如空底的船。这条小路连通了海滩和墓地，早年间的半岛有渔歌唱道："岭上土饽饽，一人来一个，有馅没有馅，别嫌没滋味。"说的是那些远航的人在海上遇见了飓风，多半会葬身海底，难以找到尸体。飓风抬起的巨浪有几十米高，浪头落下来能砸碎渔船，再好的水性也难以抵挡那浩无边际、令人无法呼吸的绵密介质。一连串的惊呼和船板的噼啪爆裂之声过后，一切归于沉寂，只剩下风声和雨声。从那以后，他们再也没有回来，人们再也没有听到他们的消息。建造墓地时，他们的家人找不到尸身，只能含泪捧出几件他们生前穿过的衣服下葬，做成衣冠冢，正所谓"有馅没有馅，别嫌没滋味"。坟头就堆在海边的山坡上，石碑的正面对着大海，人们盼着那个故去的人能够望见回家的路。

那支渔歌到现在已经几乎没人会唱了，本族中有位年近百岁的老曾祖母是唯一会唱这歌的人。除夕之夜，在我们的怂恿下，她用没牙的皱嘴高声唱着这几句渔歌。那一刻，她的老态一扫而光。正月里的天黑得快，我的堂弟拽开了灯，红眼的灯泡放射出浑浊的光。老曾祖母穿着对襟福字大红袄，腰板挺得笔直。她的嘴里鼓着气，因而两腮上的皱纹平复了，双颊也泛着红光。她或许在年轻时听丈夫唱过这渔歌，或者是在她很小的时候，扎着小辫，坐在大人们的腿上，听大人们唱过。她唱着这几句渔歌时，一连串的浊音从她喉咙里喷溅出来。她的衰年之躯居然爆发出如此巨大的威力。这是久远年代的绝响，我被歌声穿透。这是祖先们的声音，也是半岛人对死亡的巨大嘲弄与戏谑。在近乎癫狂的曲调里，生死攸关的选择变得无足轻重。歌中的"土饽饽"即坟茔，我不由得想起了半岛上最有名的一座衣冠冢。

现在，我就站在这座衣冠冢的前面，许多年过去了，它丝毫没有改变。当我再次来到墓前，墓碑的阴影在草地上拉得很长，它站立了几百年，渴望歇一歇的心迹在倒伏的阴影中表露无遗。这是一座年代久远的古墓，它雄踞墓地中心，基座是砌得齐整的青砖，刚下过雨，青砖上满是泥点。再往上是一人多高的土包，经过几代人的培土加固，它已经成了墓地中最大的一座坟。坟前花岗石的墓碑纵向裂开了一道缝，填满了油腻的浮土，碑顶生出了两三棵杂草，在风中摇曳。碑的正面，逝者的名字经风雨剥蚀，大部分笔画已经脱落，难以辨认，隐约看到一个"公"字。指尖一碰，哗啦掉下来一大片石头碎屑。时间过去了太久，几百年后的今天，已经没有人能记得他的名字。石碑背面是密密麻麻的小楷碑文，不知出自哪位乡贤手笔，大部分也是漫漶不清，我用手指试探着笔画，断断续续地读出了这样一句：

　　　　自公沉海十数载，族人每遇险，□□公立波涛间，以手指浪，海波□平……

　　字迹到此戛然而止，再也续不上了。后面的文字还有不少，可惜笔画已经落尽。遥想当初，有位乡贤受人之托，来写衣冠冢的碑文，确实是费了一番心思的。那正是雨后初晴的天气，屋内乍觉明亮，他提着一管竹笔在素白夹宣上写下了铁画银钩，满屋都是毛笔落纸的声音，似乎比秋后树叶落地的声音还要重一些。外面客厅里，条案上杯盘罗列，几个渔夫在厅中焦急地等待，其中有一位还站起身来朝书房张望。窗户开着，牡丹花探出窗台，在风中晃动。

　　这是很多年以前的事情了，而如今，时光的锉刀最终将它们抹去，先人的故事就这样淡出了我们的生活，所幸故事还在人们的口耳相传中得以保留。这位先人在满月之夜会回到自己的衣冠冢。有人赶夜海回来，看见他在墓碑前徘徊，长袖飘飘，帽子后面的飘带在风中凌乱，孤单的身影在白沙土地上被月光照得很长。人们看到后失声惊呼，他的影子转瞬就不见了。

从此以后，只要月亮升起，人们就会想起他。只要有月亮时刻提醒我们，古老的传说便不会湮没，古老的传说当与明月同在。

十八年前的夏夜，我们一家人在房前的空地上铺开凉席，就地而坐，摇着蒲扇乘凉。抬头望去，东南方向的山坡上，那座古墓出现在满月中，它的硕大圆顶将那轮满月切成了豁口朝下的月牙。随着月亮不断升高，我们目睹了难得一见的月食奇景。父亲低声哼起了"土饽饽"的旋律，母亲看我听得出神，就讲了衣冠冢的故事给我听。她说：

"几百年以前，你的祖先坐船去深海里打鱼，遇上了风暴，全船人都沉到海里去了。家里人知道消息，找出他活着时穿戴过的衣服和帽子，立了衣冠冢，就是紧挨着月亮的那座。又过了十几年，他的儿子长大成人，出落成壮小伙，又出海打鱼。他第一次出海时就遇到了大风，船眼看就要沉了。这时，小伙子忽然看见死去的父亲站在水面上。父亲抬手一指，水面就平静了，小伙子上岸后就重新修了父亲的墓。传说你这个祖先只救自己家族的人，所以那些船老大每年春天都争着抢着来找你爸搭伙出海，你还记得吗？"

母亲在月夜里讲述的故事，看上去似乎要比今天的更古老一些。是的，我忽然记起来了，每年的正月里，过了十五，家里就陆续有人上门来。他们一律用红布包袱包了印着红花的饽饽，还有上好的坛装烧酒，一起来看父亲。一天最多时能来十几拨人，小院顿时热闹起来。春节刚刚过去不久，喜气还留在人们脸上，蓝呢子大衣，黑绒线帽子，脚上还有半新的黑皮鞋擦了鞋油，阳光下还能看到丝丝缕缕的鞋刷的纹理。他们是半岛上的船老大，来找父亲搭伙。父亲迎出来时，他们忙着敬烟，有时父亲手忙脚乱，不知该先接谁的，或者干脆愣在那里。一会儿他缓过神来，高声招呼母亲去泡茶，这应该是他一年之中最兴奋的时刻。只要他决定跟哪家的船出海，那家的船老大就会放上一挂上百响的鞭炮庆祝。青烟与红纸屑弥漫在小院上空，火药的气息让人精神一振。父亲做出决定后，未中标的船老大们站在旁边眼睁睁看着，急得直抖手，有几位跺着脚离开了我们家的院子，到村西头去请父亲的几个堂兄弟。那位先人的巨大魔力并没有随着时间而减淡，相反越来越浓烈，穿越了几百年的时空，在贫苦的年代里给子孙们留出一条生存的路。毕竟，想在船上谋个差事是极难的，船上多是选些膀大腰圆的人，瘦小的父亲显然不在此列。

从那以后我才知道，在看不见的海底深处，居然有我们的一位先人。即便海上时有风暴肆虐，我们也不再心惊，毕竟，我们已经找到了一条走出绝地的秘密路径。风浪再起时，我们大可不必惊慌，包括船老大，也能平心静气地对待风浪了。本族中陡然出了这样一位神话般的人物，对于他的存在，我们都深信不疑。

站在先人墓前，想到他身着古时衣冠，在水面上如履平地，举手投足间荡平海波的风仪，不禁感奋不已。后来出现了另外的说法，在我们附近的渔村里流传很广。据说他老人家从水底冒出来的时候，头上还顶着一只张牙舞爪的螃蟹，蟹嘴里吐着泡泡，盖住他的眼睛，他一只手对付波浪，另一只手使劲擦眼睛——对于这种丑化的说法，我一向是坚决反对的，肯定是外姓因为嫉妒而搞出来的谣言。

　　　　　　　　　　　　　　渔具列传

我作为他的后人，居然头也不回地离开了他所荫庇的蓝色之乡。是什么引我走向歧途？秋风乍起之时，天空格外高远，那种明净澄澈的蓝，正是海的颜色。这时节，我忽然想起了衣冠冢，想起了先人传奇的经历。

　　我想，我最终还是会回到海上的。当我的船浮在海上时，先人在水底仰头望着我的船底，他的目光穿越了层层鱼群。阳光照透水底，不时有鱼影在他脸上闪过。我的心头一阵微温，从此不看老天脸色。

六　舱底的水怪

我多次下到船舱里，看层层隔板陷入黑暗。那些隔板就在那看不见的深处，把船的内舱切割成十几块。我时常担心船会像饭桌上的鱼一样，被隔板切成齐刷刷的方形碎块，在海滩之盘上轰然塌陷。

隔板上包裹着泥土与海水的混合物，使船舱显得更加迟疑和凝滞，连同周围的波浪，一同震动着。人进到舱里，身子也会不由自主地跟着前后晃荡，和船外的海浪做着呼应。许多年后我才知道，当初我们在船舱里摇晃着练习站立，正如后来在尘世间练习生存。

头上传来脚步声，大人们找不到我，就来舱底寻找。他们赶紧把我拽上去，因为阴暗的底舱里有太多骇人的故事。

船釣

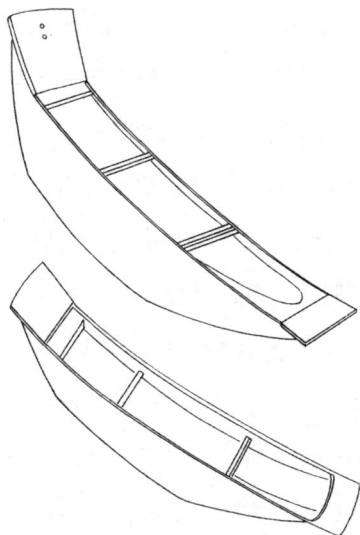

船舱暗无天日，常有怪异出现。深海的妖怪在舱底歇脚，它们从船板的缝隙进入舱底，它们的身子和黑夜一样黑，在暗夜里遁迹无形，随着船云游四方，一任风浪滔天，都与它们无关了。各色海怪挤在船舱里交头接耳，但电闪雷鸣之夜，它们都默不作声。船舱里弥漫着漂泊的苦辛，水怪们的后背所倚着的船板，都在水上摩擦，而它也分明感到了摩擦带来的流浪感，船舱成了悲伤的所在。

岛上的渔夫出夜海，听到船舱里传来水声，以为是船舱进水了，赶紧跳进船舱，角落里站着一个瘦高个儿女孩。她头发上冒着蓝色的火焰，发丝跳动在火焰里，头顶之上火光冲天，而她脸上却带着笑，船舱里亮如白昼，她的明眸皓齿在火光里发出耀眼的光泽，美得令人心痛。

渔夫心里一震，紧接着，船桅就烧着了，也是蓝色的火焰，和那女孩头上的火焰完全一样。不多时，桅杆轰然倒塌，这根硕大的火柴，瞬间点着了船板，火光照彻漆黑的海面，船开始下沉。沉船之际，渔夫昏迷不醒，他从残损的船舱里漏了出来，过往的船只救起了昏迷的渔夫。醒来时，他口里只顾喃喃地说：

"梭鱼，梭鱼。"

从那以后，渔夫一病不起，躺了半年多。转眼就是中秋佳节，家里饭桌上出现了梭鱼。躺着的渔夫瞄见了，忽然抬起手指着梭鱼，说不出话来。家人忙把梭鱼撤掉，渔夫才恢复平静，直愣愣望着顶棚。

那已经是很多年以前的事情了，渔夫也早就谢世多年，只有这个水怪的故事留下来，船舱也因此成了危险的所在。

七 杂戏船

我还记得杂戏船的情景。夏秋之际，会有杂戏船驶来，沿着半岛曲折的海岸一路北上，在附近的渔村随时停靠。半岛海岸的礁石加剧了杂戏船的衰老，它似乎随时会在水面上塌陷。

杂戏船每年都会准时来到，它早就摸清了附近村子的作息规律。所到之处，必是当地渔村的闲暇之时。杂戏船通常在黄昏到来，准备在夜晚的海岸上演出。人们奔走相告，纷纷走出家门，来到海边，在海滩上观看杂戏船上的把戏。人群层层聚拢，后来者被挡住视线，就会攀到附近的废船上。礁石上也坐满了人，所有人都盯着岸边的杂戏船，密集的人头齐刷刷朝向水面。

杂戏船由一架三桅的旧渔船改造而成，方形船头先从海浪中间冲出，远远望去，像水上漂来的古旧木柜，柜顶站满了蚂蚁的队列。进港之后，杂戏船贴着码头横了过来，帆也落下来，透过桅杆，就可看见坑坑洼洼的船板了，正有十几个伙计在上面忙碌。打成捆的红毡由两个伙计从舱里抬出来，摔到船板上，其他伙计纷纷避让。红毡横在船头，绳箍撤掉，两个伙计徐徐展开那条红色通道，船上红光一片，这是杂戏开场的前兆。红灯笼冉冉升起，高悬在桅杆上，在场的人们，脸上都是红彤彤的。

一阵锣鼓敲过，穿红衣的伶人出场了。鼓声暂停，伶人踩踏船板的脚步声凸显出来，船体传来巨大的回声，船舱内似乎空无一物，人群顿时安静下来。伶人向观众鞠躬致意，这时又走上一个绿衣童子，双手端着白玉盘，盘中整齐摆放着五只白螺，清一色的白。观众乍看过去，只见到一些白影，玉盘和白螺混为一体。当红衣伶人从白玉盘中捧出白螺，这五只白螺才在瞬间获得形体。这是五只高龄的白螺，其阔口能放进拳头，里面蜷缩的螺旋状活物早已不知所踪，取而代之的是一团浸了药水的棉花。伶人把药棉点燃，白螺里喷出直立的火柱。伶人把燃烧的白螺抛到空中，不等天上的螺落下，新的火螺相继飞起，五道火光把夜空分割成十几个黑块。伶人双手不停地接住与抛起，速度最快时，火光笼罩住他的上半身，手臂及白螺都在火光中消失不见。那时节，杂戏船上明亮如白昼，照亮了人群中无数扬起的脸。

螺壳灼热之时，表演就告停了。绿衣的童子端来白玉盘，五只白螺回归原位，火柱还在燃烧，不过势头弱了几分，它们很快就要燃尽。那天晚上，表演时间稍长，白螺局部烧熔，当天夜里还没散场，五只螺连成了一体。侍者找来火钳，想把它们分开，结果白螺全夹碎了，紧接着，传来班主的高声呵斥，人群中又是一阵哄笑。

还有一个常见的节目，叫空手取鱼。表演者来到舷边，俯身往水中观看，似在瞭望海底的鱼。看了多时，他挥手朝水中一指，随即回手急掣，便有一尾翻腾着的大鱼飞入他手里，头和尾还在剧烈摇摆着。那次表演，破水而出的是一条近三尺长的梭鱼，跟表演者撞了个满怀。他连忙双手抱住大鱼，单薄的身子也随着大鱼的扭动而不住摇摆起来。观众一片惊呼，有几个身手敏捷的伙计已经齐聚船头，和表演者一起把大鱼给牢牢摁住。

后来我们才知道，表演者袖子里暗藏梭镖，是机弦发射的。甩袖之时，带绳子的梭镖已经打进水中，早有同伙潜在水底的预定方位，手中拿着活鱼等候梭镖到来。梭镖破水而入，水中之人便擒镖在手，把手里的活鱼插在梭镖上，急拽三下绳子作为暗号。船上的表演者知道一切就绪，就可以回手把线拉回，这样一来，自然有活鱼飞上船板。离船最近的那几个观众，看过几场表演后，终于发现了这个秘密。消息在人群中迅速扩散开来，表演者的神秘魔法就不攻自破了。再表演之时，黑压压的观众中间掷出了贻贝和青螺壳，表演者招架不住，只得躲进后舱。不久之后，杂戏船上空手取鱼的把戏干脆取消了，当初空手取鱼所引发的阵阵惊呼已不可复闻，这样一来，人们反倒怀念起这虚假的魔术了。

　　快到半夜了，压轴的节目是隐身的戏法。表演者是个穿黑衣的年轻人，从演出一开始，他就坐在船舷上一言不发，仿佛一切热闹都与他无关。轮到他上场了，他便跳下船舷，向众人拱手致礼。他朝身后挥一挥手，立刻有人递上来一块黑布。黑布之大，足以盖住他全身。他毫不犹豫地钻进黑布里，还没等观众反应过来，他就把自己变没了，黑布委顿在地。人们掀开布幕，四处寻他不到，以为他是故意躲起来了，呼唤几遍，却不见回应。船上立刻陷入骚乱，戏班的班主走上前来，看了看地上委顿的黑布，跺脚大骂。

但这一切无济于事，因为他已经远遁——他成功地把自己变没了。围观的人群中嘘声一片，班主朝着海面大发雷霆，人群中又爆发出阵阵哄笑，这更增添了班主的恼怒，他恨不能放火把船烧掉，所幸及时被徒弟们拦住了。

那天的杂戏表演破绽百出，最终以一个伶人的逃走为转折点，走向了难以挽回的失败。同样的把戏，再也提不起人们的兴趣。一船消耗甚巨，班主变卖船只，最终不知去向。

又过了许多年，岛上渔人出洋，远渡到南海，在一个不知名的小岛上登陆，居然看到了当年表演隐身法的那个人。他正坐在树下，头埋得很深。渔人正要上前搭话，他似乎早有觉察，霍然起身，双手分开人群。在钻进人群的同时，他顺手戴上了棕榈叶的斗笠。几乎同时，涌动的人群中，所有人都戴上了斗笠。斗笠密集，无从辨认，以后再也没有人见过他。

八 龙骨船

　　我在海边的沟汊地带闲逛，消磨了许多时光。只要造船的匠人在海滩上，海滩就会变成热闹的所在。一伙匠人住在岸边的土屋里，土屋门前的空地上安放着新船的龙骨，木质的巨兽骨架出现在海岸，空中盘旋的海鸥惊得四散飞开，绕着龙骨盘旋多时，久久不敢落下。它们牵引着众人的目光，一路贴着海岸朝东飞去。

　　"它们要飞出很远才能落下。"造船的匠人放下在前额遮阴的手对我说。

　　每树起一座龙骨，总要吓跑一些海鸟。它们过惯了平静的生活，难以抵挡龙骨带来的惊吓，只能不停地飞。直到海滩上处处都立起了龙骨，它们无家可归，终日聚集在龙骨的上空，来回转圈。

新船的龙骨在满地刨花中升起，横七竖八的木柱间还有刨花落下。它们落地时被更多的刨花接住，悄无声息。仿佛进入遥远的童话国度，蜷曲的刨花满地，龙骨直上云天，天上地下，都被这些木料占满了。

匠人从木箱里摸出墨斗。那墨斗也是船形，是一个两边翘起的木盒子，线轴藏在腹心，出线口塞满棉絮，灌注了墨汁。当抽线出来时，线上已经沾染了墨。将墨线的一端压在木板上，盒子这一端由另一个人拿着，轻轻拉起墨线的中点，松手一弹，墨线的印迹就留在木板上。黑线两侧尽是些迸溅的墨点，裁切木板的长锯就有了一条模糊的路线。冰凉的锯条在这条路上艰难推进，边走边把木板撕裂。不多时，锯条滚烫。漫长而又重复的劳作，没有尽头。木板围绕着匠人的小屋，新木的青涩气息四处缭绕。他们夜间睡在木料之中，梦到新落成的大船沿着滚木滑进海湾，海滩留下一条辙印铺就的大道，人们尾随新船缓缓前行。他们照例燃放鞭炮，为自己的新船庆贺，然后被自己梦中的鞭炮声惊醒。

造船的匠人当中，有一位停下手里的活，跟我说起第一条船，也就是龙骨船的故事——那是有史以来第一条真正的船。他说，第一条船造出来，是我们的老祖宗用了一条真龙的龙骨做了船的骨架——那时候的龙真多，跟现在的麻雀一样多。在这片海滩上，不断有龙起飞、降落，海滩上总有旋风笼罩，那便是龙飞行的踪迹。海水里也经常闪起金光，金光是龙鳞发出来的。那天，人们早上来到海边，看到海里漂来一架白花花的龙骨。一开始人们还不敢靠近，后来龙骨被大潮推上岸，人们才敢过去看。从这头到那头，龙骨足足有二三十丈。人们就截了龙骨胸部的一段，有三丈多长，骨架微微弯曲，白得耀眼，人在太阳底下都不敢正眼去看。但见脊骨上横骨丛生，都朝内弯曲着，最细处也有大腿粗。人们把它翻过来，脊骨贴地，敷上木板做了条大船，这就是最早的龙骨船。如今造船时先架起槐木支架，再敷上红松板，这槐木的支架，就是仿了当年龙骨船的样式，也叫龙骨。就这样，半岛上有了龙骨船，一直用到今天。

"当年那条龙骨大船还在吗？"我问道。

匠人告诉我，龙骨大船早就不在了。当年人们坐着那条船出海，龙虽然已经死去，但龙骨仍然识得水性，在水里自动游走。不用橹桨，船也跑得飞快，近处几个岛，不到半天就能打个来回。船跑得太快，让海底下的老龙王看见了。

他仰头朝海面上一看，就认出那条龙骨是他那违反天条的儿孙，被天神处死在海里，皮肉都给剥去，只剩下一架龙骨，却给渔夫做成了船。船在海面上来回跑了三天，龙王在水下抬头看了三天，终于看不下去，就施法把龙骨收走了。龙王在水底下举手一指，狂风顿起，嵌在船里的龙骨就凭空消失不见。船在风里走了一阵子，人们才发现龙骨不见了，奇怪的是，船板都还在原处，按照原样拼成船形。骨架的空缺处，有海水灌进来，船上的人们赶紧来堵，才发现裂缝密布，无法堵住，船就在惊慌中散了架。船板径直落水，把人们留在半空，人们低头才发现自己悬空在海面上，一惊之下，都落进水里。海浪立刻把那些落点抹平，船上的人一个也没回来。

后来，龙骨极难得到，即便得到，也没人敢拿来造船，毕竟谁都不想船毁人亡。人们就改用槐木做龙骨，就算是这样，龙王还常派人来拆船。新龙骨垒起来时，如果忽然倒塌，或者天降大雨，那就是龙王派来的兵将在捣乱。

说到这里，我忽然想起龙骨落成之日的爆竹。要及时燃一挂红爆竹，把龙王派来捣乱的海怪惊走。鞭炮响过，倒塌的龙骨自行竖立起来，雨也收住，乌云刹那间灰飞烟灭，阳光重新照在龙骨上，把木纹间的水珠拭干，白色的水汽升腾，行走在龙骨之间宛如仙境。

槐木最结实，泡了海水也不会坏，做龙骨最好。红松木浮力大，还能防虫，拿来做船板是一流。在半岛上，槐树和红松是最常见的树，满山都是，就连青砖瓦舍都被槐树的绿荫遮盖。渔村后的山岗上，是红松的海洋。多年以后，这些树都会倒毙，树干砸在地上，鸟雀惊走于林间。之后，这些树干被做成船，然后下水，和族人一起乘风破浪，终日浮在万丈深渊之上，时时有沉没的危险。槐树和松树的命运，和族人紧紧捆绑在一起。

许多年前，族人中出了一个狂妄之徒，他在海上行船时，忍不住踹踹脚底的船板说："要不是跟着我，你区区一棵树怎么能走这么远的水路，见识这么多光景？"见脚底的船板沉默不语，他一怒而鞭挞船板，木屑在海面上飞溅。于是，这船顿时跑得像一阵风。

九 移木记

　　造船的时间定在秋后，这时木材干爽，斧锯穿过，不黏不滞。松木的斜纹被锋刃拦腰斩断，截面与刀锋一样明亮，手指敲上去当当作响。裁开的松木板横在地上，盖着黑油布。掀开黑油布的一角，立刻露出金黄的木纹。等到来年春天，这些木头就要浸到海水里去，海里浓重的盐碱也奈何不了它们。

　　几个孩子骑在木板垛上，在玩坐火车的游戏，嘴里还发出"呜呜"的汽笛声。秋天的凉爽气候也正适合匠人们干活，海滩前的空地就是造船的所在。没过几天，船的骨架就成型了，十几号人围着大船的龙骨转。我从造船的工地经过，船底一条朝上弯曲的龙骨刨得泛出亮光，在这条脊椎的

子 劃

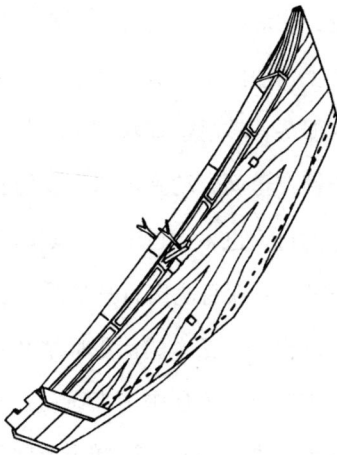

基础上，又横生出许多稍细的四棱脉络，它们无一例外地朝上扬起，共同勾勒出一只船的轮廓。

我踩着满地的刨花走进工地，脚底绵软，不断发出木屑的轻微爆裂声。这里刚刚放过一挂鞭炮，庆祝大船的骨架落成，鞭炮的红纸屑没有完全落下，有很多还飘在空中。船头贴着"海波四时平"的桃木镇海符，肉色的桃木，是前些时刚从整柱圆木里剖出来的，一头刻成尖状，是取宝剑之形。据说在危急时刻，它能够破空飞去，入水斩杀兴风作浪的蛟龙。仰头朝上看去，船的骨架拔地而起，船头的尖角直刺蓝天，白云出没在船头，转瞬也被收进了船肚。我透过骨架的空隙，看到白云锁在里面，动弹不得。我们看着这条龙骨，满心欢喜。过路的行人也聚拢过来，一起抬头看。龙骨平放在一人多高的石基上，船身高出石基数倍，还在不住增长。

那真是难忘的日子，松木的清香环绕在我们四周，喜悦之色闪烁在每个人脸上。人群中传来窃窃私语，其中没有任何阴谋，尽是对美和力的感叹。这样令人欢欣的窃窃私语，以后再难以听到了。人们可能会不约而同地想到，这只船不久之后就要下水，它将托起全船水手的身子。阳光充足的日子，它在水面滑过，船尾撕开水面，翻滚着白泡沫，经过几个昼夜的航行，带回数不清的鱼虾蟹贝。而此刻，在半岛秋日的天空下，我们仰头看着它，硕大的淡黄骨骼使我们惊异不已。日光西移，阴影瞬间把人群笼罩，我们就像在围观一只恐龙骨化石，人群顿显渺小。

龙骨落成后，船东连续往工地跑了几趟。他什么也没说，只是手搭凉棚望了望船头，小心躲避着空中飞下来的木屑，他的方格毛衣上纤尘不染。船工们明白，船东这是来催进度了。众人纷纷欠起身，斧锯还在手里攥着，大家聚拢到龙骨近前，在船东身后站了一排。船东转过身来，见这么多人围在面前，只好朝众人点了点头，然后急匆匆分开人群走了。什么也不说，却也是最紧急的一种催促方式，大家自然明白，只是想不清楚为什么会这么急。在这一点上，所有的船东似乎又都是一样的。

工地上的日子平淡无奇，几乎与世隔绝，只有送饭的家属按时来看看。匠人们满身木屑，刨花都在衣服上生根发芽。骨架落成时，可以松一口气，这意味着近半的工程完结了。剩下的工作是，在空白处填上木板。这看似简单，却是最耗时间的工作。地面已经被锯末和刨花盖住了，其间杂乱地摆着暖壶、茶杯、铅笔等杂物，一不留神就会踩到脚底。

造船时总是这样杂乱，大家的心思都在船上，少有人出来收拾琐碎的东西，好在有刨花和锯末垫底，这些物件都不会碰坏。卷尺经常淹没在刨花里，每当用到时，好几个人一起在地上翻找，后来工头干脆把卷尺拿过来，将绳套在手腕上绕几圈，随身携带。贵重的工具和木板都放在工地上，夜里有专人搭帐篷住在木材边看守。晚上这里亮着灯的地方，就是他们搭起来的临时住处。有时候帐篷前灯火通明，其实帐篷里面是空的——工地上很潮，蚊子也多，留守的人熬不住，跑回家睡觉去了，只是还亮着灯，摆起了空城计。

大船就要建成了。这天工头查点木料，忽然发现少了两块十几米长的整木板，翻遍了工地也没找到，不由得冒了汗——要是让船东知道，工钱说泡汤就泡汤了。工地上有专人负责看管，丢木料的事很多年没有发生了，竟然落到自己头上。他并没有声张，而是往后退了十几步，眼前的十几个人尽收在他眼里，没有人注意到他。他仔细观察在场的每个人，他们都在紧张忙碌着，工头并没有发现什么异样。

临近中午，吃饭的时间到了，工头跟在匠人们身后，弯腰去笼屉里拿馒头。他在俯下身的瞬间，忽然从两腿之间看到身后不远处的一排房子，房子的地基处盖满了高粱秸，摆成怪异的齐整队形。他跑过去掀开高粱秸，里面终于露出了木纹。他揪紧的心顿时舒展开来，丢失的两块木板躺在这里。他知道这一定是自己人干的——先把木板就近藏起来，然后趁人不备时再运走。这两块木板都可以做出一只小划子了。

他当场叫了四个人把木板搬回来。大家面面相觑，好像都知道发生了什么事，但谁也没有说破，彼此都能听到心跳的声音。工头瞬间明白了，几乎每个人都心知肚明，只瞒着他一个。工头感到前所未有的孤独，毕竟只有他一个人在认真干活，他周围的匠人几乎都参与了藏匿木板的行动。他环顾四周，众人都在偷偷用眼角余光瞟他。许多年来，被匠人们藏下的木板不知有多少，这次被藏的木板如果不是在关键部位，他或许永远都不会发现。他知道真相时，已经到了迟暮之年，这样的事情，搁在谁身上都会难过，于是这只船就成了他参与建造的最后一只船。他从此洗手不干，回家抱孙子去了。

一〇　铁锚腾空

黄昏，聚集在岸边的渔船纷纷起锚，铁链的脆响连成一片。响声过后，天黑下来，借着月光，可以看见锚链上涌动着涓涓细流。这些铁链出自乡村铁匠之手，在安静的夜里数万遍地敲打出来。它们表面毛刺丛生，俨然黑压压的丛林。在它们周围，往下流动的小股海水被迫分流。月光附着在凸起的水流上闪烁不定，像树丛中众多野兽的眼睛，这些野兽保持着在夜晚的警觉。

铁锚是船之钢爪，触到了船不可及之处。它以一己之力稳住一船，但又因常年居于泥沙之下，过着暗无天日的日子，隐秘力量不被人瞩目。这番隐忍，只有在起航之日才被人们发觉，港口被抓破的泥沙兀自流血，旋即由海浪抚平。

錨 鐵

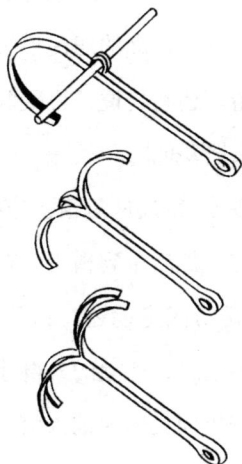

船板上抖落的海底泥沙堆积成小山，这时会过来两个手脚麻利的船员，把土山推回海里去。

百年以上的铁锚，往往成为海怪们的坐骑。它们骑着铁锚，飞翔于海天之际，时而在海底疾飞，时而破水而出，一直飞进满月里。海平面上出现的那些小黑点，就是海怪在骑锚飞行。已经出港的渔船，望见远方的黑点，会赶紧掉转船头，折回岸边。月圆之夜，月亮上忽有黑点如钱，融进白光里，月色顿时为之一暗。半岛的居民抬头往天上看，会看到海怪在月下骑锚夜游。还有传说，说要躲在月下的葡萄架底下看，否则就会被海怪发现。

有飞行爱好的海怪多数是鱼精。它们骑在铁锚上，在海岸附近的上空盘旋，然后来到街上，在熙熙攘攘的人群上方呼啸而过。众人纷纷闪身躲避，人群中立刻分开一条道路——只有灾难临头之时，熙攘的人群才会让步。超低空飞行的铁锚，终于在密集而又固执的人流中硬生生地掘开一条道路。

铁锚所到之处，人们急于躲避，难免互相踩踏。人们倒下的地方，便是铁锚飞行的轨迹。

铁锚上看不到海怪的影子，它们在黑夜里遁形，无迹可寻。人们只看到生锈的铁锚，四只弯曲的铁爪在前，迎风而进，铁爪朝后弯曲着，锚环在尾部，还挂着几节铁链，铁链在疾飞中绷得笔直。眼见着铁锚飞远，变成一个黑点，人们却没有看清坐在锚上的海怪。运气好的话，会看到一个佝偻的黑影伏在铁锚的柄上，随着铁锚在深靛的夜空里一闪即逝。

半岛的居民终夜难以入睡，想象着骑锚海怪的模样，暗自吃惊。铁锚飞走后，人群中那长条的裸露地面仍然维持原状，没有人敢靠近一步。这是铁锚固定的飞行路线，铁锚按此路线飞行，从无差错。

人们见铁锚每天都按固定路线飞，便不再害怕铁锚。铁锚从正在补网的渔妇头顶飞过，从海上疾行的船桅之上飞过。夜晚站在自家窗前，也能看到铁锚擦着檐角飞过，老屋屋脊上的野草被铁锚齐根剪掉。

铁锚不来时，人们反倒觉得不适，时不时抬头仰望天空，希望铁锚能准时出现。有些日子，海怪足不出户，只躲在海底，却急坏了岸上的人们。他们停下手里的活计，日夜在窗边张望，直到铁锚再次出现，人们才回到自己原先的位置上。

在空中飞来飞去的铁锚，成为渔村日常生活中不可缺少的一部分。夜空有了铁锚做点缀，从此不再寂寞。许多年后，铁锚飞过的地方无人敢涉足，变成一条隆起的土岭，常在暗夜里绊倒晚归的行人。这是铁锚飞行的固定路线，看地上的土岭，便知天上的路线，二者互相印证。

夜归的行人被这条土岭绊倒之际，总会有铁锚擦着他的头顶飞过去，如果不及时被绊倒在地，他就会被铁锚的尖角击中。

渔具列传

一一　船蠹

　　黑铁火炉冒出黑烟，劈成碎块的船板燃起，大火将它们覆盖。火光过处，船板上的虫洞被一一点亮，火舌在此间流溢，每一柱光焰都与虫洞严丝合缝。这时天已经黑了，满屋只剩下虫洞喷火的吱吱声。

　　在这样的夜晚，有一个老船夫冒着大雪来到家里做客。他掀开火炉盖，看到了虫蛀的船板塌陷在火窠中，通体透明，而船蠹虫留下的虫洞散发着黑气，宛如烟囱。这是船蠹虫当年的居所，蠹虫早已不知去向，它们的子孙还在海上肆虐，许多年来潜藏在船板的深处，经它们咬过的船板几成空壳，随时有崩坏的危险。看到火中密集的虫洞，老船夫忍不住叹了口气。他是我父亲的长辈，我请他坐下说话。他给我讲起他当年见到的一切，他说：

"那些年，我们的船去了一趟海湾口外，帮人运了一趟木材，回来时也没闲着，打了一船鱼。在回来的路上，船上发现了蠹虫，是运木材时带到船上的。一开始谁也不知道，船走了好几天，蠹虫在船上都跑开了。我那天一脚把船板给踩塌了，脚印形状的一块木头从我脚底陷下去，落进船舱里。我们这才看见木板的断碴上全是蠹虫。满船水手都慌了，船老大赶紧将船挨着一块礁石停靠。船刚靠到礁石，就开始漏水了。我们爬到礁石顶上，眼看着船沉没。在礁石上挨了一夜，等到天亮，才来了一条过路的船，把我们带回家。这件事已经过去五十多年了。这五十多年来，经常有船蠹虫出没，人们都说是我们的船带来的祸害。"

老人说完就沉默了，在火炉前把头深埋进双膝。

我从柴堆里翻找出一块有蛀孔的船板，藏在椅子底下。这块船板不到巴掌大，在椅子下安然躲过了冬季的大火。现在，它被安置在我异乡的书桌一角，雕花似的虫迹里暗藏着暗紫色的微光，蠹虫足迹终止之处，便是生命终结之时。繁复的纹样，宛如古老的图谶，于我而言，这是蠕动着的故乡。船板在案头岿然不动，我成为冷眼的旁观者。

一天夜里，书房传来了巨响，把我从梦中惊醒。长夜里的寒气中残留着撞击带来的余波，我开灯查看，原来是那块船板落地。板上的虫洞此刻还振着低沉的余音。那些蠹虫早已不在了，却还具有倾覆船板的威力，就连一块脱离船体、远遁他乡的船板也没放过。

一二　落难船

一夜风雨过后，满地冷硬的黑光，码头的甬道湿滑，看上去就像刚刚冒出水面的鲸鱼脊背，黑而透亮。就是这里传来了渔船落难的消息。

我站在码头上，全身被雨淋湿。这时，人越聚越多，落难船的残骸冲到岸边，船板碎片有折断的痕迹，断碴上满是丝丝缕缕的木板纤维，它应该来自在风暴中触礁的渔船。海边的渔夫聚拢过来，在浅水中打捞起两具尸体，抬到海滩上。

此刻，围拢过来的人群闭合为圆形的人墙。他们默不作声，仿佛是在哀悼。海水吞没了年轻的生命，也撕碎了渔船。何其残暴的海。

拨开两块叠在一起的船板，翻出一本浸水的书，封皮上写着《说岳全传》。是谁把书带到船上的？毕竟书与渔事格格不入。在船上，那个渔夫展开书卷，帝国不堪回首的往事流传到夜航的船舱里，伴着书的主人度过海上的长夜。海上漫长的夜晚，潮声仿佛金戈铁马鸣啸，帝国的士兵如潮水般退却，瞬间溃退到千里之外，留下满地狼藉，令人不忍回顾。在船舱里挨着油灯看书的渔夫，在自己的梦里见到兵败如山倒的人潮，士兵们坠地的刀剑纷纷变成梭鱼、剑鱼，甩掉的头盔变成水母，铠甲碎片变成贻贝，散落在湿软的海滩上，凿出无数空洞，渔夫跟在后面捡，终得满载而归。他的梦境正如连绵不断的江山一般，没有止境。

退潮的海滩上，还漂浮着几张长方形的黄纸，是船中的账簿上散落下来的，那么多方块在水面上碰撞，似乎在寻求新的组合。蓝色海面上揳进了异质的方块，让海水感到极不舒服，却又甩不掉，只好听之任之。我捡起一张黄纸，纸页上记着卖出虾蟹的细账，钱数和斤两写得歪斜，末尾还注明了停靠的港，以及日期。这些黄纸记录的是沿途卖货所得。

纸上那些港口的名字，居然都是我熟悉的。每个港口的木板房和石台阶，霎时间在我眼前一一掠过，仿佛我就在这条船上。在港口震耳欲聋的马达声与人群喊叫声中，我扶着秤杆，同时踹开一个小贩偷鱼的脏手，他的尖叫被人群的喧嚣淹没。我只见他张着嘴，仰面朝后倒下。不断冲向前的其他小贩立刻涌上来，我们在陆上没有了立足之地，不得不退回船上。人群把船推远了，每个港口大致如此。那时的渔船生意真是火爆。

渔船不停地登岸，又匆匆离去。一场大雨冲淡了古旧的港口，雨后的码头上，来往的行人踩碎明亮的积水，将码头的记忆踩得支离破碎。在船上向内陆望去，可以看到船厂、茅舍、农田、佛塔，还有酒馆上空招展的杏黄旗，在风里脆响，几近撕裂。又有一场雨来临，把人群驱走。石阶上散落的鱼鳞被冲回到海里，海面上银光点点。港口的血腥记忆不复存在，海上的漂泊还在继续。

海岸上密密匝匝的港口，在我心中的印记里，只余小贩们的千万只手、千万颗密集头颅上的黑发。难怪有那么多逃犯要走海上的逃亡路线——他们随便找一处港口下水，便可消失在漫长的海岸线，轻而易举地在人群中隐藏踪迹。帝国的记忆在海岸线上模糊不清，船来船往，搬运来一群湿漉漉的脸。我在暗夜里醒来，透过海边旅店的窗户，看到船舷上方那些密集的脸，在月光下白亮如镜。来自海外的异人们赫然出现在窗口，使羁旅之夜惊散为满地碎片。当夜所见，竟成为时常入梦的场面。

　　船的残骸堆成了山丘，这是漂泊一族最后的坟茔。站在这里，我把自己想象成落难船上的幸存者，抖落满身水珠，明亮的小球爆碎于地。

　　直到有一天，有人轻声告诉我说：你就是那条落难船上唯一的幸存者，经此一难，你患上了失忆之症……

一三　船上那个人

马达突突直响，又一只船靠岸。提前守候在岸上的海货商贩围拢上来，码头霎时热闹起来。

船上渔夫在分拣、过秤。缩头沉默的海螺，嘴里吱吱乱叫的螃蟹，还有面色冷峻的梭鱼，稀泥似的章鱼，通体透明的白虾，一袋袋提上岸来。有的小贩开着蓝漆的铁皮三轮，也有的推着手推车，经常看到几个小贩不约而同地扬手甩掉半截烟，一起凑上前来看货。我看到还有几个女人提着编织袋，靠到船边挑货。这是家住在岸边的主妇们，等着海鲜下锅。在炸雷般的讨价还价声中，鲜货被装车运走了。沿途落下几只透明的小虾满地乱蹦，浑身沾满了泥土，还有的混进了草丛，与蚱蜢并肩而卧。蚱蜢受到惊吓，纷纷跳出草丛。

运气好的虾蹦回了海里。它们落水时短促而又清脆的细小声响，引起了一个人的注意。

那个人之所以这么快被我发现，是因为他正站在船尾，双手交叉别在胸前，与船头那帮吆五喝六的家伙迥然有异。他头上戴着长檐儿的白色遮阳帽，帽子上没有一个泥点，均匀的针脚微微突起，向着广阔的帽檐儿腹地投射出一串锯齿状的阴影，双眼和大半的鼻子隐在黑影里。一身青布裤褂也是一尘不染，在阳光下闪着青光，看上去质地格外坚硬，像一块青黑的礁石，仿佛掷过去贝壳立刻就会被崩得碎屑飞溅。

没错，正是他。

我离开多年以后再回到村子，很多人还在私下谈论他，他们常说的一句话是——"他哪像个下海的！"众人一阵大笑，六爷笑掉了帽子。混乱中帽子被几个年轻人踩了好几脚，满是泥脚印。六爷并不气恼，追打着那些年轻人。我突然出现，他们的笑僵在脸上。六爷捡起帽子戴在头上，风吹过来，帽子上的几块草末被风吹掉，从地上沾来的泥土也在风的作用下逐渐松动，却久久没有掉下来。我望着帽子出神，六爷又拽下帽子在腿上拍了拍，分开人群走了。众人也各自散了，剩下我一个人站在那里。

现在，那个人站在船尾，眼光随着那些跃回海中的小虾来回起伏。在船头，同船的伙计们满身泥点，甚至看不出衣服原色。其中，有两个人为了争几只泥螺涨红了脸：穿绿油裤的那人扇动两片嘴唇喋喋不休，一张嘴似乎要振翅飞去，一边说一边将胳膊挽袖子拉开架势；对面那个红鼻头的胖子紧咬牙关，腮帮子上的肉突突直蹦，别在背后的手暗暗攥紧了木棒，恨不能把木棒攥碎。一场争斗即将爆发。这一切的热闹统统和船尾那个人无关。

早在十几年前，我还是个跟着大人们在码头上跑来跑去的孩子。当我玩累了停下来，常常看见他一个人在船上发呆，海鸥在他头上盘旋，把他当成了可以落脚的礁石。那时我还没能理解他的寂寞。现在，我终于又一次看到他在船上，而且是躲在暗处向船内张望。交叉的双臂、整洁的衣帽就像十八年前一样，没有丝毫改变，这竟带给我由头至脚的阵痛。我忽然想到，我离开半岛以后在人群中的生存态度，和那个人有着千丝万缕的联系。

那个人是我父亲。

补记一
杂戏船与陈元燮

.

杂戏船作为半岛旧俗，已经消失了一百多年。虽然时下常有人打着杂戏船的旗号，做些所谓"文化工程"的表面文章，却只是停留在纸面上的花拳绣腿，当初的杂戏船盛况毕竟是难以再现的了。

杂戏船是半岛上每年夏季的盛会。然而，岛上居民看完了某一年的杂戏船之后，自下一年开始，竟然没有杂戏船可看了，而且是永远没有了。半岛耆旧皆有末世般的不祥之感，人人面露怨尤之色，遭逢式微之诸般焦虑也纷至沓来。

杂戏船的沉没，无意中代表了半岛旧日秩序的终结，这已成为半岛历史上值得回味的标志性事件，也是最为沉痛的本土经验。及至近世，不断有人声称在海市蜃楼中见到杂戏船的表演。几十年前，有一个老船工在穿洞的牡蛎壳中看到杂戏船从海面上驶来。他随即出现了幻听，听到船头上锣鼓声由远及近传来，这使海鸟惊飞，纷纷掠过杂戏船的船头。杂戏船上的伶人两厢排列，杂戏即将开场。他居然激动得难以自已，不由得手舞足蹈，之后便中风倒地。杂戏船实为无法撼动的民间记忆，亦是几代人癫狂症发作的临界点，人们稍有不慎，这记忆便会迸溅出来。对昔年繁华的回忆，成为危机四伏的精神症候。

半岛渔村自发的杂戏船运动，是中国东南沿海海洋风俗中的孤例，它长期存在于民间传说中，正史中难觅踪迹，甚至让人怀疑其存在。近代以降，民俗学者对杂戏船的真伪质疑声不断。民国学者陈凤岐在《涯屿志略》中探讨了杂戏船的形制："耆老相传云，有杂戏船者，其船底平面阔，长八丈余，舱深七八尺，板厚二寸有余，竖二桅，挂二篷，设稠木大橹二支，长三丈六尺，头橹二支，长三丈，其底平，浅水亦可行。"陈凤岐的记载，是来自"耆老相传云"，即老一辈的口头传说，并非亲见，却提供了杂戏船各项形制的约数，也算是不可多得的珍贵材料了。可称为实证的材料，只有一首清人的诗，曾被反复引用，成为研究杂戏船事件的焦点。

该诗出自何鲆辑录的《揽潮阁诗谱》。何鲆，号渔隐，又称渔隐先生，清末民初的名士，七岁能诗，早有神童之誉，入民国后，以前清翰林之身避居不仕。《揽潮阁诗谱》是何鲆收录前辈高士及当世名儒诗作的刊本，卷二辑有清末进士陈元燮的这首《观杂戏船兼寄焯、炯诸弟》，其诗云："巍然船上戏，海隅有别离。且作白螺舞，翻得赤鲅骑。明灯临水日，杖笠去国时。散发五湖客，投竿笑我迟。"

陈元燮的诗还原了杂戏船的场景，就当下的研究成果来看，这也是现今发现的唯——首记载杂戏船的诗，其"诗史"性质自不待言。陈元燮看到的杂戏船，应该是其走下坡路时的了，"明灯临水日，杖笠去国时"二句应为寥落之况，明灯之静与杖笠之动互为映衬，婆娑世界如梦幻泡影，于是他最终会说出"投竿笑我迟"之类的话来。陈元燮独于热闹中见出落寞，并暗暗为之惊心，湖海之志起，悄然归隐，应属当局不迷的智者，可见陈元燮并非随波逐流的等闲之辈。但翻遍史书和方志而不得其生平行止，只有何渔隐在《揽潮阁诗谱》中注曰："陈元燮，名煜，祖籍即墨，光绪十五年进士。"只此寥寥几句，余则不详。

湮没无闻者多矣，又何止陈元燮一人？更何况他生在海隅，更难为人所知。他在迟暮之年有意避开了公众视线，其生活细节无人知晓。与之相反，正有无数人奋不顾身地走一条与陈元燮相反的道路。

　　陈元燮在故纸堆中倏然一现，似乎只是为了印证杂戏船的存在。毕竟在杂戏船的水下考古发掘尚未实现之前，陈元燮的诗是关于杂戏船的主要研究对象。围绕该诗的研究，学界出现了十余种学派。他们各执一词，在漫长而又嘈杂的争吵中，不少人评上了教授、副教授，也有不少人完成了博士论文，得以顺利毕业。在纷纷攘攘的学界争吵下，人们似乎不得不相信，杂戏船的存在是千真万确的。

　　陈元燮作为杂戏船的见证人，早已消失在历史的云烟里，所幸他的诗得以流传，让我们知道世上曾有他这样一个人。这或许出乎他的意料，大概要怪何渔隐多事。我们知道陈在夏夜里见过杂戏船，也大概知道他远隔异代的惆怅。至于他是谁，他来半岛做什么，这些都不重要了，只有他的落寞传递至今，让我们看到异质却又卑微的存在，与整个时代的喧哗格格不入。

　　当年与陈元燮同观杂戏船的人，多是半岛一带的渔民。

他们放松着劳作了一天的身子，那些在海上晒得黝黑的面孔在黑夜里遁迹无形。他们在杂戏船前兀自叫好，喊声不绝于耳。除了喊叫，他们也没有别的表达方式。陈元燮看了一阵，转身离开。没有人注意到他的离开，人群只盯着船上，船上的人只醉心表演，观戏者痴迷不悟，演者越演越癫狂。台上与台下之人都入戏太深，似曾相识的场景，让他下定了离开的决心。

就此别过了，痴狂的表演者，以及深受吸引的观众们。陈元燮倒背双手，在石板铺成的海边甬道上走远了。杂戏船上的红灯把他细黑的身影搁置在他面前，他踩着自己的影子走出很远，转弯朝另一个方向走了。自他去后，黑压压的人群中出现了一个脑袋的空缺，立刻又被新来的人流填满，看上去就像什么都没有发生。陈元燮走出不远，他回望杂戏船的方向，正好望见这一幕，忽觉世间兴替不过如此，一人离去便有一人来补，绵绵不绝。想到这里，他加快脚步，转瞬便走进了码头的夜幕里，而杂戏船的热闹还在继续。

直到东方发白，人群才散去，回到家倒头便睡。杂戏船泊在岸边，一船人劳累一夜，此刻也进入梦乡，只等傍晚时分赶赴下一个渔港。在那里，还有无数居民翘首以待老把戏的继续上演。

表演者自己对不断重复的节目心生厌恶，为了支撑杂戏船的运转，却不得不硬着头皮演下去。杂戏船后来的没落也就在情理之中了。

不久之后，杂戏船就走到了穷途末路，陈元爕也没有再现身，好在他的诗流传下来，使他的命运与杂戏船的命运互为印证。杂戏船的古老风俗，也因为陈的诗而变得真实起来。

补记二
宿四爷曾孙采访录音

本辑中，《舱底的水怪》一篇的主人公确有其人，他本姓宿，其祖先原姓徐，据说是徐福的后代。徐福当年骗了秦始皇五千童男童女，带着巫医百工东渡。他临走前，就悄悄嘱咐族人改姓宿，在半岛的方言里，宿与徐是同音的，叫起来并无差别。从此以后，宿氏后人变得沉默寡言，终日枯坐，不发一语。宿东方却是个例外，好像要把整个家族两千多年来咽回去的话都倒出来一样。我此行的采访对象便是宿东方。他的曾祖就是那个老渔夫，六十五岁那年因海难落水，被人救起后中风不语，并在次年病逝于家中。关于这次落水，民间议论纷纷，莫衷一是。较为流行的说法是，老渔夫的船舱里有梭鱼精作怪，因而导致沉船。二〇一二年五月，我找到老渔夫的曾孙、时年三十三岁的"半岛渔网厂"厂长宿东方，在车间外的空地上对他进行了简短的录音采访。其时刚有一批新网出厂，远道而来的几个客商剪下一片网角，拿打火机点着了，以此来分辨网衣的材料构成。蓝火熄灭后，空气中还飘散着尼龙的恶臭。宿东方因为不经常出海，所以面皮不像其他当地人那么黑，青布套袖在手肘处滑落，套袖上布满绳结和线头的残渣。我从南街路过，他抬头看到我，报以微笑。我把话题引向了宿东方的曾祖父，以下是其接受采访的录音片段。

录音时间：2012年5月10日

讲述者：宿东方

整理：盛文强

我老爷爷死的那年，我爸爸才十岁，我在照片上看到过老爷爷，他的事都是我爸跟我说的。你（刚）才说的那个事，我也听老人们说过，但我还真是不敢信。听我爸说，我老爷爷中风以后脑子就糊涂了，见天说胡话，逮着什么说什么，有影儿的也说，木（没）有影儿的也说，连我爸爸的名儿都叫错了，见了饭桌上的鱼都能发病，他说的话哪能当真事？我爷爷、我爸爸还有几个叔叔还都当了真事了。后来越传越神，你也当了真事了。我爸大前年得癌症死了，要不你能听他说说。他在的时候，好跟人说说，其实木（没）有影儿。梭鱼成精，老辈儿上有这么传，说得有鼻子有眼，谁不信就跟谁红眼，但咱都么（没有）看见，你说是不是？

……

我老爷爷的坟在南山上，和我爸爸、我爷爷的坟挨着。你看，那座山上的两个土疙瘩就是。你想去看的话，我跟你一块去，走着不用十分钟就能到。

……

我是受过高等教育的人，是唯物论（者）。人死活都是自然规律，梭鱼成精这种事，我不敢信，船舱里边闹妖怪，这事我也不敢信。这都是些老辈儿上的传说，现在老人们多数都走了，也没人传这个了，年轻的基本木（没）有人信这个。年轻的都是攒着心思挣钱，都在外面跑，常年不着家，很少有打鱼的了。这时候的海湾也真穷了，唉，好几年不出好货，三个网下去，也弄不出几个虾子来，真是逼着人去外海拼命，唉！

……

　　我的渔网厂是毕业回岛上搞的创业项目，搞了有三年多了吧，一门心思扑在上面，全家都在这里，要不然也木（没）有这样的规模。你们写书的应该多宣传宣传上头的富民政策，把我的渔网厂也写上。这是实实在在的东西，你得多写写啊，别光弄些木（没）有影儿的事。

补记三
潮水时间歌诀

潮水时间歌诀是海边渔夫在长期劳作中总结出来的一种与海潮涨落有关的速记口诀，用于指导渔业生产，是青年渔夫上船之前的必修课。

当自觉观察潮汐、记录潮汐成为生活常态，并和生计挂钩之时，潮水时间歌诀的产生也就顺理成章了。易学易记、朗朗上口是潮水时间歌诀的主要特征，当然也有例外。半岛地区现存较古的一首潮水时间歌诀见于民国十七年（1928年）的《胶澳志·民社志》，就属难于记诵的一路。从《胶澳志》的刻本中可以看到，该歌谣在众多歌谣中排在第一位，可见潮水时间歌诀于沿海地区的受重视程度。然而，这首《潮水时间歌》既无一般曲谣的风趣比喻，又无辙韵。相比之下，同列该页的其他歌谣则显得有趣得多。比如《劝耕歌》："二月二下龙抬头，当今皇帝使金牛，正宫娘娘来送饭，保佑黎民天下收。"又如《山雀歌》："山鸦雀，尾巴长，将（娶）了媳妇忘了娘。"这些歌谣都有不少谐谑趣味，体现了来自民间的野逸与活泼，而《潮水时间歌》则是文绉绉路数，或是经由文人加工后的作品。

这首《潮水时间歌》在志书中分五行排列，每行三句，计十五句，每句七字，总计一百零五字，其歌曰：

初一十六寅申正，初八廿三巳亥初，初二十七寅申末。

初九廿四巳亥正。初三十八卯酉正，初十廿五子午初。

初四十九卯酉末，十一廿六子午正。初五二十辰戌初。

十二廿七子午末。初六廿一辰戌正，十三廿八丑未初。

初七廿二辰戌末，十四廿九丑未正，十五三十寅申初。

潮水的起落都包含在古歌谣里了。这十五句话包含着潮水十二个时辰及每月三十天的交错变化，潮水时间歌诀就是渔家的二十四节气歌。与二十四节气不同的是，潮讯天天有，二十四节气则是放在全年的漫长岁月里做整体关照。潮

　　　　　　　　　　　渔具列传

汛变化万方，二十四节气是按部就班。这些差异，代表了海洋文明和农耕文明的不同性格。海滨之民在海角的小屋里坐卧不宁，时刻掐算当天出海的最佳时辰。与此同时，在漫无边际的帝国腹地，农人则端坐于正堂，围坐在火炉前。离农时的到来还有两个多月的时间，这是一段难得的闲暇。他们手上拿的日历相同，农夫是按年过，而渔夫是按天过，生产方式的不同，直接导致了时间观念的巨大差异，在世界观上更是迥异其趣。

古人很早就发现了月亮引力与潮汐的关系，余道安在《海潮图序》中说："潮之涨落，海非增减，盖月之所临，则之往从之。"在农历每月的初一即朔点时刻处，太阳和月球在地球的一侧，所以就有了最大的引潮力，会引起大潮；在农历每月的十五或十六附近，太阳和月亮在地球的两侧，太阳和月球的引潮力你推我拉也会引起大潮。当月相为上弦和下弦时，即农历的初八和二十三时，太阳引潮力和月球引潮力互相抵消了一部分，所以就会发生小潮。潮汐千万年来无休无止，是天地间罕见的伟力，潮间地带被磨成平地，巨大的磨损，逼得陆地连连后退。若你碰巧从内地高原走来，一路奔波，到了海角，亲眼见到海水与陆地的争夺，才可略知江山形胜。

掌握潮汐涨落规律，对于确定渔区地点、张网高度、出海时间等都是极为必要的。海上大潮水急，鱼群容易分散排向外海，或栖居于中上层。小潮流水缓慢，鱼群易集中推向内海，并下沉海底，是底拖网渔轮捕捞的大好时机。而海边居民在海滩上赶海，采集贝类，则要挨到落潮之时才可出动。潮汐要素瞬息万变，其复杂程度，也远非以种植为主的传统农业可比。据此可将农耕区与沿海区的民众性格进行对应式的比较研究。近代以降，人口流动频繁，沿海区与农耕区的地理界线已经打乱，而传统地域特点或曰地域性格仍有深深的烙印，年轻一代即便未接触过农业或渔业生产，其上一辈的价值观已在基因里默默传递，农耕性格与海洋性格的比较研究便更有实际意义。两种不同性格的冲突也是我写作时长久关注的核心命题之一，在此基础上的写作也难免带有偏见——海洋性格对农耕性格的偏见，也正如农耕性格对海洋性格的偏见一样深。

古人对潮汐的认识，更具有直观的认知特征。有部分古人认为，潮汐是海滩上众多跑来跑去的小螃蟹造成的，是它们的尖爪在触动潮水的涨落，海蟹的集体推力搅动潮汐。在今天看来，这种结论无疑是荒诞的，只能从侧面反映出当时的海蟹数量之众，海蟹在波涛间的忙碌奔走，让古人产生了海蟹一族推波助澜的错觉。唐人段成式在《酉阳杂俎》中就专门写到了一种招致潮汐的蟹类，名曰数丸："数丸，形似蟛蜞，竞取土各作丸，丸数满三百而潮至。"朴素的认知方式蕴含着原始的诗性。

曾经，半岛的渔家孩子刚学会说话，就跟着母亲吟诵"初三十八卯酉正，初十廿五子午初"之类的潮水歌诀，虽然他们还未能领会这些词句的真正含义，只在字音上做着单调的模仿。这种念诵贯穿他们的整个童年时代，他们也不知记诵了多少遍，最终靠反复训练得以牢记。在他们生命初年的这些词句，真如犁铧翻开土地，给他们留下撕裂般的经验。这首古老的歌诀将伴随他们一生，无论何时何地，都会随时被记起。

千千万万的渔村的母亲在重复着同一项工作，向怀里的孩子吐出杂乱的干支和数字，而这时的孩子也常常疑惑地抬起头问母亲，什么是潮水？母亲会告诉他，这是蟹子在兴风作浪。他幼小的心灵中会出现铺天盖地的海蟹，在海平面上疾行而来，就跟潮水歌诀里的干支及数字一样混乱。尖锐的蟹爪在海滩扎出遍地小孔，搅得他一阵心慌，涌上来的海水把那些小孔覆盖，海滩上瞬间气泡四起，潮头不可避免地沾染了蟹爪的气息。他幼年时代的生活就被潮水和海蟹占满，刚学会发声的唇齿也被数字和干支的音律扰动，似乎在为从事海上捕捞做着初步准备，但这准备来得也太早了些。襁褓间的稚嫩双颊，在被单底下冒出来，散发着羊脂玉一样的光泽。这个孩子尚不知潮汐为何物，命运就降临到他头上了。

在古国的东海之滨，海潮照旧熙来攘往，我亲眼看到古老的潮汐经验在秘密传递，稚嫩的童声吟诵潮水歌诀，在瓦屋上空飘荡。潮汐经验的传递不绝，古老命运的延续不绝，我为这样的传递感到揪心。

补记四
橹桨伤人事件

　　清末以来，橹桨常常是渔夫之间械斗的凶器，起因多为渔业生产中的纠纷，以及说不清道不明的家族仇恨，械斗时有死伤。最为著名的一次橹桨伤人事件发生在清朝末年，在黄海上的一个小岛，众多渔夫目睹了案发的整个过程，凶手手执橹桨行凶后扬长而去，并且对这一罪行毫无畏惧，只留下一众目瞪口呆的渔夫站在岸边观看。死者受重创后沉进海中，瞬间在众人的视野中消失，一个人的消失竟然如此简单。那一年，是公元一九〇八年。

　　发生在海角一隅的人命案在以后的许多年里无人问津，凶手逍遥法外，而且优游卒岁，得以善终。乡民皆知凶手是谁，但不敢吱声，后来居然由惧转敬，受害者的亲属也不敢告官，采取了自认倒霉的鸵鸟策略，见到凶手自行躲避。民不举，官不究。更出奇的是，闹出人命的小岛后来居然以凶手的姓氏来命名，实属古老国度暴力崇拜与犬马怖惧的典型案例，当是"斯德哥尔摩症候群"（Stockholm Syndrome）的一脉旁支。

据说整个案情的前后经过大致是这样的：

周某当初是这一带最能干的渔夫，他从摸贝螺这等小事干起，一直干到了船老大，有一条能容纳十几人的渔船。他家里堆满了鱿鱼干和贻贝，屋檐下挂满了风干的鱼片，墙角几十个坛子里满满的都是虾酱。他家的院子里铺满了厚厚的一层鱼鳞，晚饭过后，全家人赤着脚走在上面，鱼鳞就像地毯一样松软，当人抬起脚时，鱼鳞凹处会自动恢复平整。晚饭前，他的两个儿子经常出现在门口的台阶上，随手在家里抓一把名贵的鹦鹉螺当棋子下，来往的路人无不瞠目。还有人说，他家所有的容器都是满的，从来不会空，如果有一个盛放鱼虾的瓦罐空了，马上会自动盈满鱼虾，而且看上去比先前还要多一些。有一天，腌咸鱼的黑瓷坛碎成一地瓦片，卤水流了一地，顺着院门淌到了胡同里。坛里的鱼慑于船老大的淫威，一动也不敢动，它们咬着各自的尾巴，保持着坛子没碎时的模样，一直坚持了许多年，直到最外面的一层鱼风化为新的坛壁。当它们被一条条端上饭桌时，撬开它们的牙齿也需要费很大力气。所以又有人说，他们家的坛子的材质都是鱼。这些奇怪的事都发生在他家里，还不等路人看清，他的女人适时出现在院门前，合上了两扇黑漆铁门。不让看，是船老大驾驭一条船的办法，他的女人也会用。多年以后的今天，这种办法到处都在用。

另一条船的船老大听说了这些事，很不以为然。他到处说周在船上私自藏了兄弟们的鱼，所以家里才会如此富足，他的兄弟们出力最多，一下船就瘫倒在地上，这样卖力还是吃不饱。还说周在船底挂了网兜，偷来的鱼都放在网兜里，网兜一路跟着船跑回来，最多时达上百个。有个船员发现了这事，就被他扇了耳光，并且撵下船去。这话传出去，闹得人心惶惶，周的船员们想起最近的行船速度大大减慢，返航时不断有船超过去。于是，不到一个月，船上就跑了不少人，还有许多船员在家里躺着装病，拒绝出海，船上剩下几个打杂的孩子。

周知道后怒不可遏。在一次出海回来时，两家的船在一个小岛相遇。周撑着桨跳到对方船上，一把揪出那个说坏话的船老大，扔到岛上，然后也跟了上去，并且一桨拍在那人的后脑上。那人的头骨应声裂开，四周的海浪喧哗，及时盖住了那沉闷一击的声音。死者所在的渔船掉头而去，该船的船员长时间内对此事缄口不言，后来又分散到了不同的船上。

事发的小岛在黄海深处的浩瀚海面上，时时被大潮淹没。因那个周姓的船老大在这里以桨杀人，该小岛到民国初年被当地渔夫私下命名为"周岛"，"周岛"之名不久正式写进了官方的航海图册中。周姓船老大的平生形迹淹没在浩瀚的时空里，似乎只有杀人一事在流传，他的名字也没人记得了。周氏族谱还在，通过族谱或许能见到其真名，但他的子孙恐怕于祖先名声有亏，世世代代将族谱珍藏，秘不示人。

迄今为止，我们只知道他姓周，世世代代住在周家庄。他在这一带横行霸道，已经是一百多年以前的事情了，岁月滔滔不归，却未能带走这些创痛。

列传第二　网罟

一四　拖网奇遇

那一夜我们在海湾里遭遇了大风浪。在此之前，我们一次次提起网袖，又一次次失望地将其放回海中，网里只有零星的几条薄如刀片的小鱼。显然，这样的情况是不常遇到的，我和父亲都感到疑惑。在我们头顶上，群星浮在天穹上，随着潮涌而跳跃不止。它们互相追逐，让人目眩——那应该是我见到过的最为喧闹的星空了。

我们看得脖子酸疼，瘫坐在船板上，恰巧我们的身子同时晃了一下。起初我们以为是船板松动了，赶忙按住船舷。谁知船舷也在晃动，我定睛细看，发现整条船都在晃动，原来是海上起了飓风。

风贴着水面来了，就像一把笤帚，仿佛要扫除水面上的

拖網

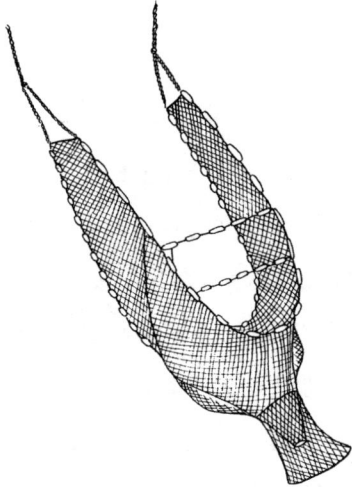

一切异物。巨浪扑过来，一半撞在船身，另一半浪头走高，全灌到船里。几个浪头过去后，船板上的水已经到了膝盖，水面上漂着点点鱼鳞和海藻。船舷刚刚被浪头撞过，几股水柱倾泻下来。它们有飓风在后面撑腰，居然变得神气活现，也学着大浪的样子，横冲直撞。混乱中我听到父亲在喊我的名字，他不知什么时候到了船尾，手里拄着插网用的竹竿，勉强稳住身子，摇晃着朝我走过来。

狂风夹着浪朝我们的小船卷过来，父亲和我都被掀翻了，冰凉的海水浸透了半边身子，前所未有的恐惧把我们包围。在那一刻，时光仿佛停滞了，眼前闪现出一些纷杂的场景，它们近在眼前，仿佛触手可及，却又不见痕迹。

老渔人说，在风暴中即将沉没的人，都会在一瞬间回忆起许多往事。我首先看到的是十岁那年的夏天，几个渔夫往船上搬运桶装淡水。其中一个人看上去只有十七八岁，他从歪斜的塑料水桶下回过头看了看我。他跳到船上，水桶早有人接了过去。他看我还蹲在岸边，在船上顺手捡了一只海星扔给我玩。他们的船从老鸹湾出去，从那以后一船人音信渺茫，谁也不知道他们去了哪里。我又看到那个早就记不起姓名的女同学，她为了供弟弟上学，没上完初中就辍学回家，跟着本家的叔叔一起出海。现在，她已经被晒得黢黑，穿着肥大的皮裤，全身都是泥点，手里还拎着一只铁桶，深一脚浅一脚走在滩涂上。我还看到母亲坐在炕上，用剪刀把干鱼的尾巴剪掉……

父亲伸过竹竿来敲着我的手背，一霎间，十七八岁的水手，拎着洋铁桶的女同学，修剪干鱼的母亲，这些毫无秩序的影像纷纷遁走了。父亲示意我抓住竹竿，我照做了。

不对劲，有飓风时都是有雨有黑云，这天上怎么还有满天星？父亲冲我高喊着，他的声音被风浪淹没。我抬头看，漫天星斗发出耀眼的光芒，比刚才还要明亮。

我们一定是在梦中，不然不会这样。父亲说。

鱼头砂。

——我和父亲同时喊出了这三个字。有一种黄鱼的头侧有两块指头肚大小的脆骨，形同白砂，晶莹透亮，半岛人常把它们塞到枕头里，据说能破除噩梦。

每条船上都会有几块鱼头砂的。我们在没过脚踝的水里摸索，还要顶住风浪，稳住身子。借着星光，我看见船篷之上有一点银白，正是鱼头砂。又一个浪拍过来，溅起的水柱冲得鱼头砂直往下滑，沿着船篷滚落下来。我纵身跳出，劈手攥住了鱼头砂。与此同时，我也掉进海里，而鱼头砂细腻的肌理通过手掌传遍了全身。落水的那一刻，我猛然惊醒，翻身坐起来，果然是个梦。

多年以后，每当我一个人在寂寞的旅途中，总会想起那个梦，想起那个晚上耀眼的星空——那是一个多么热烈的年代。

一五　网罟的迷宫

看到渔网，最先想到的是迷宫——盘旋缠绕的迷宫，弯折的道路在脚下腾挪，它消解了人们熟知的空间，每一处转折都暗藏陷阱，使鱼虾深陷其中。网罟和迷宫，二者都与古老的阴谋有关。摆设机关的人躲在一边，强忍着笑。黑暗中他的喉结抖颤，发出不易察觉的轻微声响。没有什么比这种无声的笑更惊悚了，恰如猛兽发作之前的狂躁。

这是我对渔网的最初印象。

那年我九岁，刚刚跟母亲学会结网，攥着竹梭的手还有些微微打战。竹梭不听使唤，我只得紧紧攥住，手心里满是汗，寒气由两臂攀缘而上，透彻颅骨。成年以后，我又想起当年的这一幕，寒意再次把我笼罩。

挿網

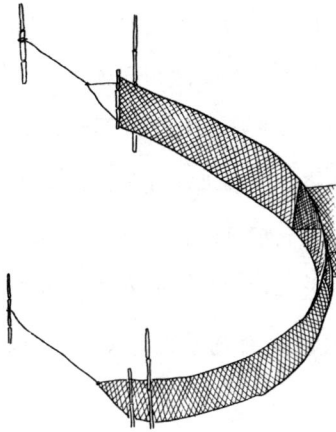

再次回到半岛，抖颤的竹梭在我面前飞来飞去，我挥挥手把它们驱散了，就像驱散一群嗡嗡鼓噪的蚊蝇。是不是每一个网扣都是为鱼量身定做？网扣在等待它的鱼撞进来。我眼前闪出这样的景象：每一个网扣里都挤满了银鱼，菱形的网扣立刻变得滚圆。网扣独自擒获小银鱼的同时，又合力绞杀了大鱼，难怪握着竹梭的手要发抖了，新网织成，海里的鱼又要少一群了。

　　十几年前，我在半岛一带走来走去，随行的还有几个同伴。四下里是望不到边的滩涂和沟汊。正是落潮时，海退到了遥不可及之处，浅水中的竹竿和绿网露出来。渔夫出没，他们通过布设环绕的网墙来拦截鱼群，鱼面对的是网罟构成的巨大迷宫。渔夫们却可以轻松绕开渔网，在网罟空隙里穿行自如。在海滩上奔忙多年，渔网的核心秘密进入了他们的生活细部，多数渔夫都成了聪明人，在面对生活时应对自如，当然也有例外。

　　说到例外，自然是半岛一带闻名遐迩的那个笑柄。这笑柄的主角大家都知道，是我的祖父。他去世早，在我的记忆里，他只是晨光中站在海滩里插网的黑色剪影，面目模糊不清。海湾里的插竿网兴起时，他把竹竿插满了海湾，并在竿头挂了五色旗帜。潮水退去，他穿着皮裤走在过膝的浅水里，在自己的网阵里走了半天才走出去。后来，他终于熟悉了自己布置的网阵，可以随意出入了，却还不肯收手。他不断增加新的机关，使整个网阵变得繁杂无比。过往的机船却不买账，船进海湾时总要划破几张网。祖父急了，找船长理论过几次。等祖父走后，船长哭笑不得。原来，祖父留下了一张路线图，上面是密密麻麻的三角旗帜及线条，船长看得满眼金星乱冒。这张图只有祖父一个人能看懂。几天后，这条入港的机船仍然划破了网阵，祖父找上门去理论，见面就问：怎么不按我的图纸走？

船长在摊开的图纸前一脸茫然，纸上的圆圈和线条浩浩荡荡，化作撞人面颊的飞虫，船长在图纸上迷失了方向。

有人看见船长把祖父送下船，船长垂头丧气。你知道，这是很多年以前的事情了。后来，路线图还在不住地被分发给其他人，港内二十多条船，都有幸收到过祖父的路线图，而他的网阵依然被船冲得七零八落。事后，船长照例会收到祖父送来的一张图，他绘制这些路线图总是不厌其烦，常常画到深夜。他要赶制出足够多的路线图，分发给那些机船的船长。他在窗口的侧影一声不吭，俯身在方桌上描画，桌上的瓶瓶罐罐碰落了一地，破碎之声在暗夜里传来。

我看到过桅杆的顶端挂着一张路线图，是船上人随手丢掉的，大风把图纸吹到天上，在空中翻滚着前进，又被桅杆截住，长时间留在桅杆顶端，成为猎猎作响的旗帜。待到风向改变时，这张曾经的路线图才会重获自由。众位船长站在船头，仰脸望着这张飘在空中的图纸，直到那图纸在空中飞远了，才长出了一口气。

一六　叉网

夕阳的红光从岬角垂下，渗进了海湾，虾蟹也变成红色的，煮熟一般。晚归的渔夫看到这般景象不禁饥肠辘辘，忙不迭在橹桨上卖力，向岸上划去。挂着单帆的渔船滑行在海面，手持叉网的渔夫立在船舷上，低头扫视水面。他们只需看看水面掠过的波纹和阴影，就能分辨出潜行的梭鱼和乌贼——那些动物不声不响，在水面之下游弋。

叉网入水，只剩下两截竹竿，叉网的网罩打开，乌贼纷纷入毂。双腕顿觉沉重，网罩内的乌贼弹跳不止，软体的巨力由竹竿传递到掌心，持竿的渔人满心欢喜，乌贼的撞击灌入他的手掌，他甚至计算出了网里乌贼的数量，赶忙转动竹竿，把网口绞合。这时竹竿上传来更大的抖颤，仿佛网住的

叉網

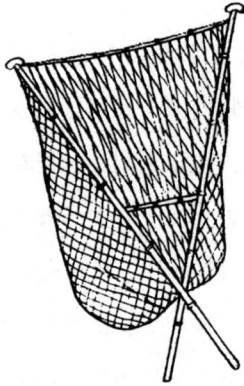

是一头猛兽。提起网来，满是白亮的乌贼，灼人双眼。

在很久以前，半岛是没有双竿叉网的。带手柄的铁圈网兜也是很晚才有的。直到遥远的内陆迁来了外乡人——他们来自遥远的内陆，身在地平线的另一侧。他们世世代代以种地为生，带来了繁复的种植之术，同时也带来了古老的巫术，这些巫术在海边的风日下无处躲藏。终于，其中的一种毒蛊巫术作怪，幻化为怪鱼，潜在半岛周边的海水里。这种怪鱼通体乌黑，只有眼睛是白的，身子是四棱的长条，像一根方木棍，甚至头尾也是方的。它昼伏夜出，逢人便喷吐毒液，夜间出海捕鱼的渔夫常常遭到怪鱼暗算。怪鱼不善水性，常在海中仰头做长距离漫游，像腐烂的黑木。游累时，怪鱼就栖息在高高的岩礁之上，一对白眼顾盼自雄，令人望而却步。

怪鱼出没的事终于惊动了一位聪明的渔人，他想出了治住怪鱼的办法。他是一个眼盲的老渔夫，每天带着孙子出海捕鱼，孙子只有十几岁，是老渔夫的膀臂。老渔夫虽然看不见，但在捕鱼一道却神乎其技。他坐在船头，侧过头来，左耳指向天空，细听来自上方的海鸥叫声，便知飞过的海鸥是雌还是雄，尝尝海底的泥，便知船走到了什么地方。那天，孙子首次跟爷爷出海，忽然想起人们说的爷爷的本领，他不相信。于是，待船行到海上，他从锚齿上掰下一块泥，那是在岸边起锚时抓出来的泥。他把泥送到爷爷嘴边，爷爷嚼了一块，不禁皱起眉：船走了半天，怎么还在岸上？孙子赶紧换了新泥，爷爷尝了一口，面露微笑：这还差不多，已经过了黑风口了。

孙子听见了，惊得说不出话来。此时船已到深水，风浪渐趋平缓，海风吹过祖孙二人的头发。爷爷的心里涌着层层波浪，他伏在船头听着涛声，随时嘱孙子下网，认为必然满载而归。原来，爷爷虽然目盲，但鱼群来时，每个薄片的鱼身与海水摩擦，嘶嘶作响，鱼鳞磨得闪亮。在千万座浪峰中，爷爷只听准了一座，余者不顾。这一座浪峰由起到落，都被他稳稳地收进耳廓中。这些波浪的高度和形状，还有来去的方向，都在爷爷的心中一一现形，就如同亲眼看见一样。在爷爷的耳中，海浪的声音隐去，鱼群前进的和声却有了雷鸣般的巨响。在他的黑暗世界里，无数黄鱼摇头摆尾，从暗夜里游来，迎面先到的是鱼头，只是竖条的菱块，鱼口一开一合，说着人听不懂的言语。当它们集体转身游向右翼，鳞片翕然有声，这是大鱼的鳞片，分叉的鱼尾一扫而过。它们劈开海水，白眼珠在黑暗里光华流转，两腮不断喷水。鱼群汇成洪流，贴着船边擦过。他叮嘱孙子，让过鱼群的头阵，待到了鱼群中间靠后的位置，他才大喊一声下网。一网上来，满船银光闪耀。刚才过去的鱼群太大，要是刚刚就兜住了鱼群的头阵，小船就会被鱼群坠沉。

他在渔夫中的威望无人能及，被称作"瞎老大"。怪鱼横行的年代，瞎老大已经到了迟暮之年，常年卧床不起。那天，众人围坐在他床前，向他说起怪鱼的事。瞎老大听后想了一夜，第二天叫来众人，说了他想到的破解之法。他说：要破怪鱼，就需要新的渔具。

由瞎老大口授，其孙执笔，连夜作了一张图纸，名曰叉网。两支竹竿并在一处，在中部钉起，能自由转动，再在下端的开口蒙上网兜，网兜的开口缝在竹竿上，有鱼入网，就绞合两个手柄，网袖便封死了。网袖内的网扣上，还密密麻麻地缀满了钢钩。村中连夜仿制十件叉网，满院都是锯竹竿的声音，人们在黑夜掩护下赶制叉网。网成之时，众人纷纷倒吸一口冷气，但见钢钩闪闪，入网之鱼绝无生还之理。

第二天，在怪鱼出没的海域派出小船，每船配两个壮年渔夫。怪鱼见船来，便立于波浪间，任凭风浪颠簸却纹丝不动。等小船更近时，怪鱼就作势喷吐毒液，还未施展，叉网迎头罩下来。怪鱼被整个收在网里，钢钩锁住身子，头尾互触，吐出的毒液伤及鱼尾，黑鱼鳞剥落，鱼身急剧萎缩，化作黑水，滴在船板上。船板被烧出点点黑斑，顿时黑烟大作，冲上天空。海上变得漆黑一片，对面不见人影，有几个水手失足掉进海里。船中点起灯笼，救起落海的水手，众人一起退守船舱，再看网中的怪鱼，只剩下梳子似的鱼骨，皮肉已被自己喷出的毒液腐蚀一空。人们面面相觑，头皮一阵阵发麻。

两个月后，怪鱼绝迹，海上又得太平。叉网传播开来，小到孩子们用的捕虾叉网，大到三五人合力持竿的大叉网，每个人手里都有叉网。孩子们也会拿着小叉网，在野地里罩蜻蜓蝴蝶。更有甚者，海角上有一位遇见鲨鱼的渔夫，他想也没想，就把叉网迎头罩了下去。哪知鲨鱼力大，叉网虽然套在鲨鱼头上，它却顺势往前一冲，把紧握竹竿的渔夫带进海里，竹竿也折断了。于是，鲨鱼就头顶着网兜逃走了。渔夫从海底冒上来，手里还抓着齐根折断的竹竿。

又过了十年，一场风暴过后，海滩上搁浅了一头白鲨，它的头上赫然顶着一只网袖，由头及胸，嘴部的网片已经被撕裂。这么多年来，它的生活不为我们所知。

一七　网刘村

　　网刘村的历史已难以考证。该村最早是海中的一个荒岛，岛的前身是一只沉船。船沉之后，船板急剧膨胀，早已超出原船数倍。船周围的碎渔网、鱼骨以及海鸟尸体等脏物堆积，形成岛屿，往来渔夫常登岛休息，也带来了泥沙。年去岁来，岛越来越大，直到最后和陆地相连。后来，有户刘姓人家迁居此处，以捕鱼为生，久而久之就有了村庄。

　　我抄近道去海边，正好路过网刘村。那是从未走过的一条土路，路立在眼前，顶端变成锥尖，到海边就停住了，路边是齐腰的荒草。在前方的十字路口，靠右的拐角上竖着石碑，扇形的碑芯端坐在花岗岩的碑座上，几层叠加起来，足有一人多高。碑面上写着两个红漆的大字：网刘。这便是村

撒網

的名字了。油漆是新刷上去的，石碑周围还飘着塑料燃烧似的漆味。在"刘"字最后一笔的提钩处，一滴油漆淌下来，在碑石上折了几道，落进了石碑底座的缝隙里，在看不见的暗处继续流淌着，仿佛在指引我寻找村子的源流。忽然想到脚下踩的土地曾经是沉船，落脚时不由得小心翼翼起来。朝村碑之后望去，果然有大片红屋顶，簇拥在海边的荒地上。那个刘姓的祖先也许不会想到，后人会以他的技艺和姓氏给村庄取了名字，并且连续传了三百年，最终被三百年后的我无意中撞见。

三百年前，网刘村的刘姓始祖擅于织网，不知本领从何处得来，据《黄海志》记载，他不到二十岁时便能够"穿梭如电，日夕不倦，竟月所耗竹梭何止千万"。看来他既有迅捷无比的身手，能在电光石火的瞬间找准扣眼、缠绕绳结，又有稳如泰山的坐功，足以坐上一天一夜而不知疲倦。这两种截然不同的秉性集中在同一个人身上，居然并行不悖，正如他的两只手——左手的竹篦子，缠满了网扣，静止不动，右手的竹梭则上下飞舞，快得几乎看不见。他沉醉在自己熟练的技艺中，微微合上眼睛。他太累了，需要歇一歇了。眼睛虽然闭着，他手上却丝毫没有放松，依然是一梭紧似一梭。原来，他早晚不停地织网，梭与网的距离，还有每个网扣的位置所在，都在他心中一一明亮起来，手劲拿捏之准，正如黑暗中开了几扇天窗，他则置身于从天窗里倾泻而下的四棱光柱里。寒冷的冬季，他靠近火炉，守着柱形的温热，火光照亮了他手中光滑的竹片。不久，酷暑降临，他守着树冠的黑影，网挂在树干上，竹梭每一次收回，都要勒紧一个网扣。这时，树叶跟着晃动，树的浓荫摇摇欲坠，似乎要朝他压下来。秋天还没到，树叶就落光了，落叶掉在网上，正巧被他勒进网扣里，他抬头看着大树空荡荡的枝丫。都说日月如梭，他的梭只要稍微快些，就可以赶上时间的脚步了。在他家门外，前来买网的渔夫排成了长队。他的一生，注定要和渔网连在一起。

他没有留下名字，旧志中只用"本村刘姓始祖"来代替。他的动和静的功夫都达到了不可思议的地步，我隐约感到，如果他把这功夫——近乎极端的动和静的功力——下在别处，似乎会比织网更有用。但他只坐在渔村织网，令人思之黯然。

更多时候，他坐在自家门槛内织网，整天不说话。门槛与门框的交角处有个铁钩，网的主经线就挂在钩上。房门敞开着，他坐在木凳上，身子的正面明亮，后背则陷进土屋的黑暗中，他忘记了时间。

他去世后，子孙继承了他的手艺，代代传递不绝。他的后人中，不乏以织网为生者，有的学到了他的几成灵巧，有的则学会了几成枯坐，却再也没有一个人能像他那样全面了。他的墓碑上镌刻着交错的斜方格，两线相交之处都有一个滚圆的点，象征着交织的绳结。海岛偏居一隅，回旋往复的梭影把他笼罩。他身前的绿树正在吐出叶片，树下有了环形的浓荫覆盖。

春季是渔网的旺季，歇了一冬的渔夫们早就坐不住了，他们收拾家伙，准备出海。船上自然不能少了渔网，旧渔网修补后还能继续用，如果要出远海，就要增些新网了。那时的半岛，出海用的网半数以上出自他的手。

我走进网刘村，胡同里挤满了织网的人，他们是全家老小一起出动，几把梭同时舞开，布好了渔网初始的经纬线。尼龙丝线挂在对面墙壁的钉子上，由一个健壮的汉子扯住丝线的另一头，把线绷得笔直。齐腰高的丝绳拦住了道路，我只好退回去，另外择路。哪知连着拐了几条胡同，里面都有挂起的网拦住我的去路，也不知有多少人，在像蜘蛛一样忙碌着。来时的道路都在渔网中一一阻塞，丝线在日光下闪着绿莹莹的光。

这便是网刘村的日常。

一八 获鱼之夜

北斗星紧跟在身后，七颗星都有鸡蛋大小的光亮，照彻了脚下的路。我在海边的松林里急匆匆走着，头顶的星空不停旋转，季节正在星斗的旋转中暗自更替。又到初秋，正是银鱼出没的时节。此时的银鱼肥硕、滑嫩，它们成群结队地跃出海面，在空中划出白亮的弧线。两天前，父亲和他的几个堂兄弟在这里起锚离开半岛，开始为期两天的海上作业。两天，正是渔船环绕海湾一周的时间。

算准了返航的时间，我早早来到码头，盼望着父亲的船快些回来。四下里响起了沙沙声，这是九月里的"虾暴"。有一种巨螯虾，擎着两只螯一开一合，似乎永远不知疲倦。成千上万只虾在弧形的海岸上同时开合长螯，便成了合奏。

綱桁

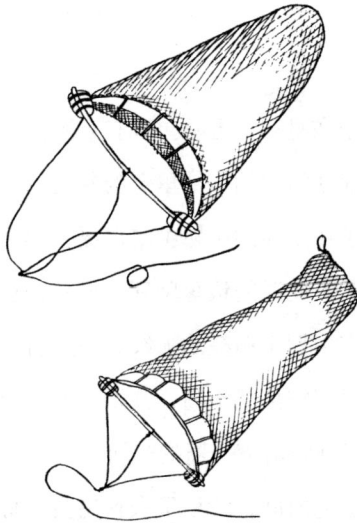

铺天盖地的声响，让人忽然觉察到，脚下的这片海滩是活着的。一只长嘴鸥盘旋几圈，落在浅滩上，低头啄起巨螯虾，虾螯露在褐色的鸟嘴外面，还在不停地开合。长嘴鸥将嘴指向天空，微微松开口，虾滑进喉咙里，发出咕咕的吞咽声。一只虾的消失，丝毫没有阻挡群虾的巨大合奏。长嘴鸥转身飞走，它飞向海湾深处。就在它消失的地方，我望见父亲的船从岬角上拐进湾里来。那是一个漂亮的转身，正是顺风顺水，他们顺流漂来。船划破水面，悄无声息，船上人影晃动，他们在水上滑行，夜色里传来了他们说话的声音。

小船吃水很深，一进港就横了过来，那是前所未有的收获，船上传来一阵阵笑声和吵闹声。还没靠岸，就有两条人影飞身跳上岸来，在平坦地带摊开了黑油布。两人各扯住油布的一端，朝相反的方向跑去。他们脚步轻快，经过浅水洼时，溅起的水珠油亮，很快又熄灭在地上。油布伸平，罩住了大片地面，船也靠在了岸上。圆网兜呈饼状摊在地上，解开捆扎的绳子，把金属光泽的银鱼倾倒在黑色油布上。银鱼四处流溢，我们赶忙兜住油布的四角。银鱼离开水已经有很长时间了，大多睁着眼朝天看，没有力气再蹦跳了，每块鳞片上都映着天上的星光。紧接着，又有银鱼倒出来，油布上的光亮在延展，照亮了我们的脸。在亮光中，我认出了父亲，还有父亲的堂兄弟们。这些脸有着惊人相似的清瘦轮廓，我们来自同一根脉，每个人都在别人的脸上隐约看到了自己。

在这样的夜晚，我们用手势交谈，生怕打破夜的寂静。油纸的四个角上都有铁环，四角合拢，二人抬的大杆秤出场了。铁钩挂住铁环，大包的活鱼离开地面。我拨着油腻的算盘给众人分鱼，每拨一下，算珠上都有鱼鳞掉下来，算珠和指尖的粘连变得越来越紧。我暗记着算珠的位置，在黑暗中拨打算珠，五指用力恰到好处。算珠多时用大力猛推，算珠少时指甲轻弹，算珠相碰时也不发出声响。

所获之鱼均匀分成六份，分给六家，用各色油纸兜住，塞进竹筐里。在那块最大的礁石后面，藏着六辆独轮车，用拇指粗的铁链锁在一起。父亲拿钥匙打开链条，众人找出自己的车，把鱼筐勒在车上，推着车摇摇晃晃地走了。

我和父亲走得最晚，我们望着五辆独轮车走远，推车人的背影把鱼筐挡住了，由我这边望去，车轮变成一条竖直的黑线，支撑着满车银鱼的重量。我帮父亲扶着车子，父亲捆第一道线的时候就连拽了三下，绳子深陷在鱼筐里。有一回我往车上捆鱼筐，走到半路绳子就滑脱了，鱼筐滚进沟里，鱼游走了大半。打那以后，父亲再也不让我捆筐了。看月亮的位置已快到半夜了，经过一片盐池时，一只狗迎面跑来，在离我们几步远的地方停下。盐池间的小路只能容一个人走过，父亲推着手推车，我在后面跟着，狗正好把路堵死，再也没有缝隙可以通过了，况且还是这样健壮的一只大黑狗。

狗忽地直立起来，两只后腿着地，两条前腿在空中踢腾，月光的闪电瞬间勾勒出它的轮廓。它的身躯有着与黑夜同样的颜色和质地，短而硬的鬃毛上，那些白亮的反光才把它和黑夜区分开来。它脖子下面有一把锃亮的褶皱，舌头上也闪着光，我和父亲都失声惊叫起来。在我们的印象里，似乎只有那些修炼成精的动物才会学着人样两腿直立，窄条的土路顿时旋转起来，下面传来水声，盐池里还有不知深浅的海水。

此时已是半夜，海边的凉风起来了，沿着裤管盘旋上升，腿上的汗毛根根直立起来。那畜生嘴里喷出的热气在空中凝成滚圆的白柱。这时，父亲忽然飞起一脚，不偏不斜，脚尖正点在狗的心窝，狗身上的光亮刹那间熄灭了。如果在白天，肯定会看到它胸前油亮的黑毛上印着一个清晰的泥脚印。

事后父亲跟我说，他当时想都没想，就胡乱踢出了那一脚。看着狗斜着飞出土路，他难以置信，刚才竟然踢中了。紧接着，我们听见了狗落水的扑通声，还有连成一串的尖叫。我们顿时轻松下来，黑狗吐出的热气还停在空中，父亲挥挥手把它们驱散了，像擦掉黑板上的粉笔痕迹，来回擦了多次才擦干净。

我两鬓已经热汗涔涔，冷风一吹有些发麻。黑狗在盐池里扑腾着，我们往下看了一眼，没有看见它，只听得到它口中发出的喑哑的呜呜声，这让我们紧缩了半天的心颇感抚慰，回家的路在脚下豁然展开，而在刚才，这段路被狗吞掉了。

十八年过去了，在城市的夜晚，日光灯照得房间里如同白昼，我们照例昏昏欲睡，电视里一张张脸在眼前变得模糊不清，嘈杂的歌声细若游丝。父亲就在我身边，此刻，他靠在沙发上睡着了，鼾声如雷。在这样的夜晚，是否还会有人记起那个遥远的获鱼之夜？

一九　四面合围

　　围网捕捞在半岛已经有百余年的历史了。一般的围网需两只船同时施用，一只船在海中抛锚静立不动，把围网的一端固定在船上，另一船牵引着围网的另一端，绕一圆圈再回到出发点，两船合而为一，将网片合在一处，海中的鱼虾就被围在网圈中了。围网顶部有浮子，底部还有网坠，能立在水中，充当一面围墙。随着包围圈的缩小，水面开始沸腾了，鱼虾翻滚，荡到网边，又弹回来。只有少数健壮的大鱼跃出了网圈，逃逸而去。船上人见状，急急收紧网绳，网住的鱼虾尽数收入船舱。船舱里撞击声不断，无数细小的身体在挣扎。

　　船舱合闭，一切归于平静，新一轮的围网又开始兜圈子

綱圍

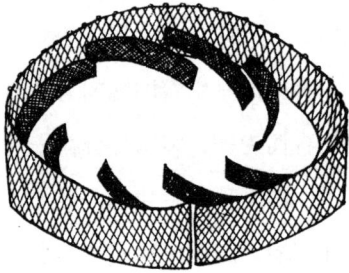

了。鱼群远遁，双船在后紧追不舍，围网张开，兜着鱼群的后队，向前包抄。鱼群中落后的鱼不在少数，它们的尾部已经触到兜上来的网眼，被网推着前进，有些鱼尾直接被网眼锁住。鱼群的后队大乱，波及惊惶逃命的前队，围网正在悄悄合拢。鱼群无法冲破围网的高墙，盘旋着寻找出口，却是徒劳。在鱼群的漩涡底部，海洋中的古老岩石如猛兽般伏在水底，目睹这一切。

有一次空前的围捕收获，黄鱼群冲到近海，离港只有几里地，终被围网圈住。水面上跳动的全是黄鱼，海水被挤出网圈之外。当年亲历的一位老渔夫回忆说，这样密集的鱼群，是从来没有过的。鱼群开始尝试从顶部突围，它们以集体的合力压塌了网边的几处浮子，围网的高墙一角失守，落水的鱼群变换队形，网内的涡流直冲出来，眼看就要全部流失。船老大率先跳进水里，游到网边，用手托起网的缺口。他在鱼群的冲力下渐渐不支，众人纷纷跳下水，把一触即溃的围网边缘牢牢擎住。在这群渔夫中，唯独有一个人没有参与救网的行动。他也随众人跳下水，却跟在最后，见众人力气不支，就折回身朝岸边游去。游到岸上时，他已疲惫不堪，便拖着沉重的双腿回家睡觉——他家就在岸边的渔村里。收网之后，大家发现他不见了。归航之后，同船的渔夫们在他家里把他堵住了，那时他正睡得口水直流，枕巾湿了一大片。大家一齐叫喊，最后动手开打，才把这个懒汉叫醒。船老大当场给他结清了当月的工钱，并宣布他不用再回船上了。于是，他成了长期被嘲笑的对象。老人们教育子女，指戳着他的后背对孩子们说：千万别学他。他走在街上，身后就有笑声不断，村里的孩子围着他起哄，把海螺壳扔到他身上。他回身时，孩子们四散逃到弄堂的各个角落，他倒也满不在乎，继续低头走自己的路。

直到今天，围网捕捞依然盛行。海湾里渔船出动，在海上画出一个个浑圆的圈，那是围网在作业。围网收获之时，要有一场水上的庆祝仪式：人们回到船上，在离岸不远的浅滩里模拟围网的捕捞运动，选取一人扮演当年的逃兵，众人拿围网圈住他，不让他逃脱，以此仪式来祈求捕到更多的鱼。而位于围网中心的逃兵角色，一般由船老大来扮演，他在人群中左冲右突，都被人们举着围网给挡回去。按照那时的规则，网中人如果逃出围网，则被看作是鱼破网，预示着来年海上歉收，所以网中人就假意伺机逃走，其实只是作势表演。只有围观的孩子们在替网中人着急，盼他快些冲出来。

　　许多年后，孩子们或许会明白这海上游戏的诡异之处。但他们当中还是有很多人一生也没明白，在他们以后的岁月里，便无端起了执念，甚至毕生都在维护这种仪式。

　　当年逃遁者的耻辱已经洗刷，今日竟成为无上的荣耀。随着围网仪式在滨海地区的广泛流传，各地纷纷效仿，网中人的这个角色就固定下来，必须船老大来扮演。稀稀落落的鞭炮过后，船老大站在齐腰深的海水里，缓缓走向网心。他在围网中左晃右晃，离着网圈老远，就急急撤回身朝另一个方向去了。如是再三，迟缓如龟步。即便如此，岸上仍有掌声雷动。船老大在水中扬扬得意，却原来，荣耀来得如此容易。他在围网中心站立，后来四处逡巡，再后来不由得改成了四方步，俨然封疆大吏，而四周围捕的人，则成了拱卫四方的士卒。

　　那么多渔夫做梦都想当船老大，在船头干活时总是各怀心事。其实他们想做船老大，无非是冲着这一角色去的。在整个仪式中，网中人会是众人瞩目的核心，他的一举一动都牵着几千观众的心，还有什么比这更令人血脉偾张？每当船老大在围网中心手舞足蹈，他就成了众人瞩目的核心。那一天来到之际，半岛的渔夫都来到海边，对他行注目礼。他仿佛英雄归来，耀武扬威，又似新科状元，夸官闾里，在围网中心尽情表演。夜幕的到来让他更加肆无忌惮，他在夜幕里自己表演。

虽然谁也看不见他，但他自己并不这么认为。

祖父从围网表演的海滩上回来，把自己关在屋里，整天唉声叹气，他为失去了围网中心的角色而伤心不已。在我看来，围网中心舞动的船老大是个局促的小丑，但这丝毫不能动摇祖父的艳羡之心。你知道，这是很多年以前的事情了。

二〇　他耳后有一把梭

　　整个春天，父亲站在网线的背后，我站在父亲的背后，暖风从我们之间吹过，我们毫不在意，不知暖风从我们中间带走了什么。那是半岛芜杂的季节，草木疯长，一匹匹绿丝绳搭在凌空架设的竹竿上。

　　父亲右耳后面总别着一把梭。他用右手织网，梭举手可得。梭是竹梭，他亲手劈开竹片，一大把竹片从他手里露出头来。无须用尺，低头稍作思忖，一刀一个，大小均匀的毛坯就出来了。将这些竹片前头削尖，底部掏空，中间靠上位置刻一个镂空的倒"凹"字形——一个下午，他都在做着同样的事情。一堆细小的竹片摞在他身边，在阳光下，我看见他螺旋状的指纹在梭上疾速飞旋。

梭綱

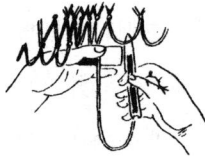

他在梭上缠满草绿色的丝线——整只梭看上去更像半截黄瓜——然后将它别到耳朵后面，这使他看上去像荷枪实弹的士兵。更多时候，他不像一个合格的士兵——他太疲惫了，耳后的梭经常掉进饭碗或汤碗里。汤水四溅，我和母亲躲出老远，饭桌对面的墙也因此生出了苔色。母亲用刀刮过那墙几遍，但霉斑已经深深地渗进墙里，她便只好作罢。别人只要看一看父亲的梭，就知道我家上一顿吃的是什么。

吃过饭，父亲来到弄堂里。这里有上搭下挂的网线，摇晃的椅子，当然也少不了缠满网线的梭。他刚坐好，隔壁的老钱就凑上前来，半边嘴里叼着烟，另半边嘴一张一合地絮叨着，非要赛一赛。我一看老钱的样子，不禁大吃一惊：他两个耳朵后各有一把梭，长可过尺。老钱是四邻八村有名的快手，有人看见他用半天工夫就赶出一张旋子网。

他俩紧挨着坐下，弄堂里的夹竹桃开得噼啪作响。

开始吧。老钱招呼了一声。

父亲捏梭在手，在篾子上绕一圈线，竹梭扑棱棱四处冲撞，终于穿过线圈，打个死结，这是网的第一个网眼。只见他连拽三下，把一个疙瘩勒得严丝合缝，入了死扣，仿佛焊住了似的，线的交会处熔作浑圆的小球。他那双终日拉网、挥桨的大手，已像干鱼一样皲裂，但依旧迅捷，把他一生的力气和血性灌到网上。老钱偷眼观看，一下子愣住了，在他这边，篦子上早有五六个扣了。这时，父亲的第二个扣才刚刚开始。这样的网扣，浪冲不散，鱼撞不破，带着跃跃欲试的欢欣。这让我想起了甩网时的情形——最好是一早驾船到海上，海风扑剌剌吹来，衣角响成一片，此时借着凌厉的劲道把网甩出去。而眼下，梭正像蜘蛛，源源不断地吐着丝线，在网上奔忙着，走来走去。

老钱何等聪明，他忽然明白了，原来父亲不是和他比快。他也耐着性子一丝一扣地织起来。

刚织完第一行，父亲忽然站起来：到这儿吧。父亲亮出了自己的网，个个网眼精神饱满，大小完全一致。老钱低头一看自己的，开头的网扣松松垮垮，再往后越来越紧，越来越密，俨然成了牛角的形状。

老钱提着自己的网走了。他走的时候，耳朵后面一把梭也没有，手里也没有，裤兜里倒是鼓鼓囊囊的——他把梭悄悄揣起来了。

父亲坐在一丛鲜红的夹竹桃之前，他把梭放回耳后，薄片的竹梭因为缠了绿丝绳而鼓起来，别在耳后居然严丝合

　　　　　　　　　　　　　　渔具列传

缝。这熟悉的动作，忽然让我有了幻觉：梭已经熔在他耳后，成为他耳朵的一部分，他有一个带犄角的耳朵。

二一　泥网坠

顶棚上映出了两块橘红色的光斑，它们互相追赶，不停变换位置。揭开炉盖，里面却是满满的长条形火块，细碎的火花从缝隙里钻出来，匆匆挤进了烟道。长条火块周围包裹着煤的熔浆，同样的红色，它们紧紧挤在一起，不细看难以分辨。原来父亲又在烧泥网坠了。

泥网坠是父亲这一代才开始用的。父亲年轻时就爱琢磨，想到了做泥网坠。他推出独轮车，架上两只柳条筐，拇指粗的麻绳拧成了麻花。他站在车前喜滋滋地看了一阵，叫我坐在其中一只筐里，他推起了独轮车。经过门楼时，沉重的黑色投影俯冲过来，从我脸上飞跑过去，晃得我睁不开眼，这硕大的黑色猛兽过去后，去往南山的大道已经在我们

網籠

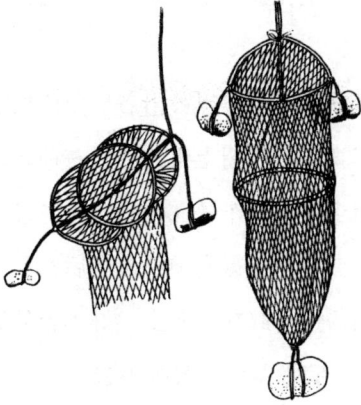

面前了。

独轮车碾在土路上吱吱响，不时碰到突起的石块。我在筐里来回直晃，父亲脖子上挎着袢带，随着车的走动，袢带在脖子上磨来蹭去。来到南山的北坡，我从车上跳下来，满山追野兔去了。回来的时候，父亲正用铁锨拍打筐里的土。两篓土像大石一样结实，父亲还没有停，红土变得镜子面似的，他才让我上车。我看看光滑的土面，不忍心坐上去。父亲把我抱上车。我坐在红土上，生怕从上面骨碌下来，双手死死抓着缆绳。

一下山，天就黑下来。黑夜沿着墙角树根咕嘟咕嘟往外冒，父亲加快了脚步。我闭上眼，忽然有种异样的感觉。我对父亲说："闭上眼觉得车子在往后跑。"父亲提着车把往后倒退，问我："现在觉得向前还是向后？"我说："好像是向前。"父亲后退时绊在石头上，好不容易稳住身，筐里的土洒出一小堆。我揪得紧，没掉下去。

冬季的多数时间，父亲都花在这些红土上面了。他在院里堆了一小堆红土，顶部挖开，像个火山口。倒进水去，小心地搅着，升起的气泡被漩涡吸进去。紧接着，张开的巨口悄然倒塌，红土的浮尘飞起来，在空中凝成烟雾。

泥和好了，工作的地点就转到了屋里。父亲有一把短柄的手锤，他将红泥用一小片网衣包好，开始了漫长的锤打。手锤忽上忽下，窗棂也跟着发出颤音。冬季近海封冻，不能出海捕鱼了，父亲把所有的气力全砸在泥土上。直到手指摁不透，泥土就算砸实了。

窗户上露出了月亮，月亮周围裹着一圈红色的光晕。我指给父亲看，父亲说："明天要起大风。"最后，泥团压成了泥饼，父亲拿刀将其割成细长条，然后切成一块块的，摊在地上晾着，吩咐我不要踩着了。我蹲在旁边看，只见这些泥块大小相近，新割出的棱角直上直下，四面陡峭。

第二天早上果然起了大风，父亲把炉火调旺，挑开燃烧的煤。他在炉子中间掘开一个坑，然后捡起半干的泥块往炉膛里扔。他忽然发现里面有两个泥块变了形状：一个变成了尖嘴叉尾的鱼形，身上还有些交叉的斜道儿，像是鱼鳞的样子；另一个两端翘起，顶部有凹陷的深槽，分明是条船的样子。父亲知道是我干的，微微一笑，将它们一齐扔进炉火中。一家人吃过早饭，烧得透明的泥块就可以出炉了。它们和燃着的煤块已经没有什么分别，通身是半透明的红色，冒着不易察觉的蓝火苗。移出火炉后，泥块上明亮的红焰火暗下去，泥块逐渐变黑，最后凝成砖红色。我一眼就望见了泥鱼和泥船，先拿火筷子夹出来，搁在窗台冷却。最高兴的还是父亲，这一炉，他又收获了百十个泥网坠。他把泥网坠排成整齐的行列，它们已经冷却。父亲横着数了数，然后又纵向数了数，心里就算出了总数。这些泥网坠的颜色像砖头一样，它们分明就是一块块小型的砖。

红土烧制泥网坠是父亲的发明。早年间人们用的是铁坠，拴在网上倒是稳当，能把网的下摆牢牢搠进泥里，然而用不长久，就锈坏了。父亲的泥坠一出，至少能用十几年，这一带的渔网也都改成了泥网坠。那天，父亲带着我去了趟南街，街面上晾着好多渔网，咸腥气和鱼虾腐烂的气息堵住了街道。父亲指着地上摊开的一张网对我说："你看这些网坠，火候不够。"

我走近细看，网脚上的泥网坠青一块紫一块，确实是烧坏了，也跟着揪心起来。那些网的主人见父亲来，有的硬挤出一个笑，比哭还难看，有的低头假装忙碌，也有的老远望见父亲走来，就起身抱着渔网回家了。父亲一路走一路叹气，从口袋里掏出两个橘红色的泥网坠，托到我面前："你知道吗？好成色的都是这样的。"

我心里暗暗嘀咕，网坠终究都是要在泥滩里滚来滚去的，不见天日，谁会在意成色，还不都是闭着眼那么用？有几次我要对父亲说，可都忍住了。

有一年，在黑风口那片滩涂，两个外乡人看父亲这边捕鱼多，动手来抢，三人在滩上用船桨打了起来。父亲以一对二，渐渐落了下风，可巧他那天刚补完网，兜里还剩几个网坠。他朝上挥桨招架时，下坠的衣袋像一只小手，轻轻朝下拽了拽。这一拽提醒了父亲，他伸手抓了一把泥网坠，劈面掷到其中一个外乡人的脸上。那人疼得大叫，另一个也被镇住。父亲瞬间转变了劣势，居然反败为胜。

从那以后，他就网坠不离身，时常拿出来把玩。这些泥网坠都是他的精心之作，红土的芬芳在他的手掌心弥漫。几个网坠把他的上衣抻得笔挺，没有一点褶皱。他兜里揣着网坠的时候总是衣服挺括，容光焕发。

家里网坠已经多得用不完，可父亲还是不停手。墙根堆着泥网坠，和一堆蛤蜊壳混在一起，还夹杂着生火用的柴草，层层叠叠，眼看快要攀上窗台了。它们来自父亲臻于完美的手艺，却又被随意弃置了。

似乎只有专心做泥网坠才能减少他内心的寂寞。许多夜晚，他在切割泥块。未动刀之前，他就已经算出这次的数目，对刀锋的每处转折都了然于胸，直线从他的刀尖上流淌出来，绵绵不绝。

那一刻，他逃离了琐碎的生活。紫红色的灯泡下，他在埋头工作，那是他一生的荣耀，也是常人难以理解他的原因所在。

二二 隹鸟入彀

他拎起那只隹鸟僵直的双腿，径自穿过海滩上的大片积水，朝岸上走去。隹鸟头上凌乱的绒毛掠过水面，不时浸到水里去。来到岸上时，隹鸟依然头朝下，海水滴在岸边的干土上。那只隹鸟始终微闭双目，任人提着它涉过海滩的浅水，像倒提着一只长柄的掸子，它未发一声，似乎正在昏睡中。

弯曲的海湾只有这一人一鸟在缓缓移动，海天之间别无他物。

这是一只误入袖网的隹鸟，在网里耗尽了力气。涨潮的夜里，隹鸟在潮间带疾走，终于被袖网里的鱼虾吸引，一步步走进了网口，走进了有去无回的迷宫。袖网是海上历史

網 袖

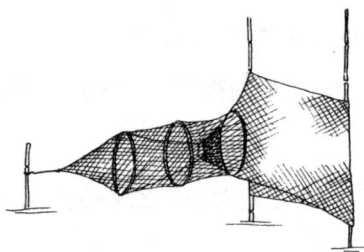

悠久的陷阱，广口的圆形大门，向着鱼群打开，角柱钉进泥里。即便海潮鼓荡，也不能撼动门柱，无数的网扣也化解了海流的冲力，只有网圈的顶端露出水面，不细看谁也不知道这里暗藏陷阱。

渔夫见一切遂愿，就从泥里拖着沉重的皮靴离开，回到渔村的瓦舍之下，而他们的心是留在网这边的。鱼群进到袖网里，越走越窄。这是五层的连环袖网，进去时顺畅，出来时却无路可走，只能困死在网中。隹鸟只顾追着鱼群，毫无察觉，一边吃着鱼虾，一边在不知不觉中走进袖网深处，在网里越陷越深。网眼锁住了隹鸟的长喙，也锁住了趾爪。它在网里困了一夜，似乎也未能吃饱，鱼虾近在咫尺，它却动弹不得。

发现隹鸟时，它正混在鱼虾里，全身覆着鱼鳞，头上还缠绕着虾的长须。他以为隹鸟已经死了，就拽着它的两条细腿走上岸去。四周是些小木船，有的停在岸上，有的泊在浅滩里，一艘渔船悄然离港，荡开的水波拍打着码头的石阶。就在他凝望海面时，从隹鸟的双腿传来一阵剧烈的痉挛。他吃了一惊，险些撒手，隹鸟醒来了。经过一夜的挣扎，它耗尽了力气，此刻倒悬在空中。它翻开眼皮，露出滚圆的黑眼珠，自下而上打量渔夫一眼，然后又闭上眼睛。紧接着，它居然口吐人言，高声朗诵道：

西海滩上有鲛鳒，你吃肉，我吃肠。

它说完就闭上嘴。它肥厚的喉音还在海上回荡，尖舌切割气流，吐字则分外尖锐，即发即收，句尾干脆有力，每个字都扎进渔夫的耳朵里。短短的十三个字，却似在他双耳的耳廓上扎出十三个小孔。

渔夫听说有鱼，便兴高采烈了，竟对张口说话的佳鸟丝毫不感到吃惊。

渔夫眼前似乎出现无数肥硕的鲛鳒鱼在晃动。他赶紧揉了揉双眼，眼前的幻象才消失。他拎着佳鸟，摇船绕到了人迹罕至的西海岸，果然看到浅滩里搁浅的鲛鳒鱼群，把船装了个满。他切了些鱼肠给佳鸟，与佳鸟同船而归。佳鸟饱餐之后，他把佳鸟翅膀上的翎毛剪短，这样一来，佳鸟就不能飞了。渔夫把佳鸟和鸡鸭一起混养在自家院子里，当天晚上又喂了些小鱼，佳鸟丝毫没碰，小鱼都被鸭抢走了。

渔夫指望拿佳鸟当摇钱树，靠它来捉到更多的鱼，便起了豢养之心。一只会说话的佳鸟，还能说出鱼群位置，渔夫想想就高兴。佳鸟在渔家的院子里待了半个月，始终未发一言。渔夫急不可待，盼着佳鸟再次开口。渔家院落里时光凝滞不动，渔夫与佳鸟的对峙也毫无进展。

等到月圆之夜，渔夫已经熟睡，佳鸟望着月到中天，便缓步走到院落中央。它平伸双翅，浸了月光的翅膀如春雨过后草木萌发的原野。片刻之间，翅膀上重新长出了翎毛，似乎比先前更加浓密。青黑的长翎在月光下闪着光，翅膀的投影盖住了它身后的整面墙，它俨然一只巨鸟。此时，四面高墙已形同虚设，月光将这敞口的方盒斜切成黑白两块，佳鸟站在明亮的白色地带，展翅向空中飞去。

它飞向了遥远的未知之乡。

二三　网兜招魂

　　那个孩子跪在海边的沙石上，膝盖早已被海水浸湿，却恍若不知。他的嘴唇频频开合，发出一连串含混不清的音节，虽然微弱，却也在潮水声中忽隐忽现。他嘴里念叨的字句似乎有形有质，早就切入到海浪中去了。

　　他手里攥着网兜的槐木手柄，约有二尺长。手柄的顶端，是黑铁的圆圈，铁圈上敷着的网衣围作锥形的网兜。他把网兜探进海水里去，来回翻搅，不时提起来查看，见有小鱼小虾便倒出来，盛进身侧的鱼篓里。每当看到有人在海边拿网兜，用这种怪异的方式捕捉小鱼虾，就说明他最亲的人死在海上，而且未能找回尸身，或葬身于风暴，或葬身于暗礁。

兜網

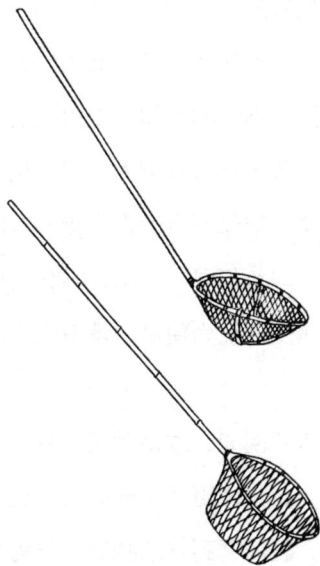

早年间出海全靠风帆和橹桨，小船难禁风浪，常有渔夫坠入无尽的深渊，家人久等不回，便知遇难。要为遇难者立坟冢，寻不到身子，只能设衣冠冢，将死者生前穿戴的衣物下葬。网兜招魂是一种古老的海上巫术。据说网兜能将死者失落在海中的魂魄招回，口中默祝之时，网兜抄起的小鱼小虾就被认为是死者的魂魄所变。这些小鱼小虾，会和死者的衣冠一起下葬，作为死者肉身的替代。无形无质的魂魄，在网兜里凝结为弹跳不止的实体。南山上的衣冠冢里，尽是鱼虾的骨与皮了。若干年后若有人发冢，见墓中全是鱼虾残骸，不知作何感想，难保不会惊慌失措。人即鱼虾，鱼虾亦是人，在海上，人与鱼虾混一，本就难分彼此。古老的巫术使人和鱼虾的转化变得极为便易，滨海之民的命运，也正如鱼虾。

平时用来捕鱼的网兜，本是常用工具，哪个渔夫家里都能随意找到三五个，甚至更多。网兜有时也挂在墙上，在不经意的抬头瞬间，就能看到它的身影。作为招魂的工具时，网兜则显得庄重，手持网兜的人，也照样端肃，不苟言笑。

网兜在海水中几个起落，兜住了过往的鱼虾。他举起网兜，望着网扣中挣扎的鱼虾，不禁面露悲戚：这些纤细的生

　　　　　　　　　　　　　　　　　　渔具列传

命，与心头那张无比熟悉的面孔，有着怎样隐秘的联系？他希望从鱼虾身上看到父兄的慈容，却总以失败告终。在他心中，隐隐感到生命在发生变幻，眼前的海，正是促成变幻的熔炉。虽然生命的外形不啻天渊之别，但他在手柄上仍感到鱼虾的冲撞与震颤源源不竭。

他倒转网兜，所获鱼虾落进鱼篓，独有一尾小鱼咬住网扣不松口，连抖几下，也没抖掉。他只好伸手到网兜里去捉，捉到了鱼尾，把它拽了出来。刚要投进鱼篓，那条小鱼扭回头看了他一眼。那眼神似曾相识，闪电般的一瞥，令他心惊。

补记一
网线直径：乡土经验与数学模型

网线直径（diameter）作为渔网的重要参数，直接决定了网的承力强度及使用寿命，是海上捕捞作业及网具修补中随时需用到的数据。对网线直径的熟练掌握，也是渔夫日常作业的必备技能。几十年前的半岛，渔夫之间就以个数来计量网线直径。在渔村的长条弄堂里，或者在摇摆不定的船头，总会有一个人从众人中走出来，抽出几根绳子或网衣的一角，拇指和食指合在一起，捻了捻，便急急抽回手来，回身对同伴说道：这线是三个的。同伴们纷纷点头，欣然会意，在他们心里达成了对网线粗细的共识。当然，他也会说，这线是四个的，那是五个的。在这里，"个"是网线的直径单位，以个数来计量网线直径的古老方法由来已久，半岛渔村里仍有这样的习惯。

值得注意的是，渔夫们提到的个数越大，网线也就越粗，反之则越细。个数从一到十，一般分为十个等级（或五个），相邻两个等级之间的差别极小，小到了测量仪器也难轻易分辨的地步，只有渔夫的手和眼能分辨出来。全凭眼之所见与手之所触，网线的细部肌理一一在眼底与指尖呈现。辨识的秘诀却不为外人所知，或许这是难以口传身授的一种特殊经验，只能靠直觉来感知。

此处的"个"，究竟是指粗度还是指网线的捻（股）数，还是基于粗度和捻（股）数而设的代号？当地渔夫也说不出个所以然。被问到的渔夫，总会说是父辈教的，而找到他们的父辈，得到的回答也是同样的，再往上追溯，线索就中断了，因为他们的祖辈及曾祖辈不在人世了。我们无法看到这种计量方式的来源，只能以现有传承顺序来推测——古老的标准不知流传了多少代，标准的设立者或许只是为了方便，给网线直径编了号，赋予网线以直径标准，并在宗族内秘密传递。时至今日这种计量方法虽仍在使用，但直径标准早已经混乱不堪。我在半岛的赵庄向当地渔夫要了一截"六个"的线，拿回盛庄找人来看。盛庄的渔夫却告诉我，这线是"两个"的。两个渔村的直线距离不过一公里地，它们中间隔着一条两米多宽的白水河，如此相近的空间内，在对网线直径的认识上却存在巨大差别。

起初，我以为网线直径的标准是以村庄为单位的约定俗成，由同村的海上捕捞者共同遵循。后来，随着考察工作的不断深入，才发现即便同村之内也存在多种不同的标准：有的以乡邻为单位，比如向阳山坡的十几户渔户就自定一套标准；也有的以宗族为单位，诸堂兄弟之间自定标准，阖族共同遵守。在这些独立单位内部，各有一套辨识网线直径的尺度，并且只靠目测和手测，从不借助尺码。而当不同宗、不同派的渔户合伙出海捕鱼时，需要先统一网线直径的计量法。在他们各自的标准范围之内，目测结果居然毫无误差，只要看一眼，或者拿手指捻一捻，便可分辨出属于他们自己的网线直径。乱中有序，也能并行不悖。而那些网线直径，只存在于他们自己的世界，他们从不问网线直径的来由，也不考虑为什么。当新的共同捕鱼体系建成，他们又会毫不犹豫地放弃自己先前的网线直径标准，按照新船老大的网线直径标准来执行，毫无违逆，而且欣欣然自觉学习新的直径标准，毫无倦怠之心。他们瞬间即可掌握新的网线型号标准，在这一微妙的转换过程中，接受及认知方面的难度几乎是不存在的，渔夫心理上对交替出现的不同标准也并无不适感——他们可以在新环境下迅速掌握新的网线直径标准，而且把原有标准忘得干干净净。谁能迅速掌握新的网线直径标准，便可得到船老大的口头嘉许，这竟成了无上荣光，令那些受到表扬的渔夫激动不已，甚至以此作为四处夸示的资本。

需要补充说明的是，本地渔夫在手测网线直径时，手指肚瞬间即测出了直径，刚捻起网线就要急急放下，不敢长时间拿捏在手中。这是因为，有一位先人曾被混在网线中的青蛇咬伤过，并因此送了命，后人对网线便有所忌惮。曾经，半岛街头出现过两条青蛇，在石板路上旁若无人地游弋，一时间人人色变，奔走躲避，街上出现一阵骚乱。这时，独有一小小村童面无惧色，他走出人群，手持木棍敲击两条蛇的蛇头。蛇立刻僵伏不动，两条蛇缠绕在一处，变成了一捆崭新的绿网线，都被村童抱回了家。由此可据二蛇的组合幻化方式，将网线看作是蛇的平方（S^2），人们对网线的畏惧也呈几何级数式增加。后来，这个故事还出现了下文，就在事发后的第二天黄昏，街上出现了万蛇争渡的场面，青蛇的身子盖住了街上的石板路。昨天的村童见状，便如法炮制，敲击蛇头的闷响传到每户居民的耳中，他们闭门不出，从门缝里往街上观看，只见村童所得网线堆积如山。村童请家人帮忙，搬回家去。夜里，这些网线几度膨胀，从门窗流溢出来，一直流到街上。该村童就是后来的半岛名士何渔隐，何家也因这些意外收获的网线而摇身一变，成为殷实之家。

蛇和网线互相变幻的故事层出不穷，测网线便有了急抓快放的特殊手法，使人们记住，蛇是网线的前身，以纪念先人，也为趋利避害。

我离开半岛以后，我们家族的网线直径标准经历了多次变换，我当年所熟悉的网线直径，现在已经没人记得了。或许我掌握的那套网线直径标准随时还会出现，只不过稍纵即逝，随时又会被新的标准取代。我问伯父：二十年前的网线直径您还记得吗？他想也没想就脱口而出：那时的鱼真多，梭鱼都直接往船上蹦，一家人赶紧拿手去捂，还有刀鱼、蹦虾、三角螺……

他的回忆中只有感性的场景和片段。我又问了几个亲族，得到的回答基本是一致的。我所熟悉的网线直径终于湮没在芜杂的家族记忆中。在半岛狭长的弄堂里，网线遍地，族人在低头忙碌。在他们中间，我反倒显得像个外人，在网线围起的怪圈之外袖手旁观。漫长的漂泊，自网线直径的丧失开始。

面对一团半透明的绿网线，我愿把它看作是绵延无尽的均匀圆柱体，每念及此，它们都会在瞬间摆脱线球、线圈等受规驯的定式，从地面上拔地而起，疾刺入云端。这时才可以看到，网线与地面垂直，末梢的圆形截面戳在地上——那真是一个圆柱体，只不过其高度异乎寻常，而且截面的圆也小到了肉眼几乎不可见的地步，它给地面施加着芒刺般的压力，地上立刻生出细小的圆形孔洞。

若有合抱之木，逐年向云中登攀，假设它可以生长至几万里的高度，那么从整株来看，它"合抱"的粗度必然会被高度消弭于无形。也许它会被巨人采走，缠绕为线团，与此同时，硬度也会被长度化解。最终，它会委顿在地。杜甫曾作《古柏行》一诗，其诗云："孔明庙前有老柏，柯如青铜根如石。霜皮溜雨四十围，黛色参天二千尺。"后来又过了很多年，有个叫沈括的人读杜诗后笑道："四十围乃是径七尺，无乃太细长乎？"他认为直径七尺的树不可能高达二千尺，比例严重失调，不符合常理，因此批评杜甫此诗存在致命缺陷，殊不知杜甫无意中触及了我们方才提到的圆柱模型，即：圆柱体底面积与高度存在消长关系，高度不变，底面积陡增至几千公里乃至无限，原高度则会消弭于无形，若底面积不变，高度增至几万里乃至无限，原有的底面积则会显得不值一提。圆柱体的底面积和高度的此消彼长关系，在古国的学术传统里不被人提及。杜甫也是迅速回避了数学问题，后面诗中还出现了"古来材大难为用"之句，偶然现身的数学模型消失了，殊为可惜。

当我在半岛做渔具考察时，从海边捡来一堆绳头。这些绳头取自不同的网具及绳索，几乎塞满了手提包。现在，各种型号的网线摆在案头，呈现为无序的矩阵，不同的直径是我看网线的第一印象，我用游标卡尺一一测量其直径，并登记在册。其中，最粗的缆绳有手腕粗，最细的钓丝则只有头发粗，而且是半透明的，放在土黄色的油漆桌面上极难找到。网线直径再次成为直观的、难以回避的问题。我忽然想到以数学方法来推算网线的理论直径，即：把网线看作粗细均匀的圆柱体，以圆柱体的常用公式来进行推导。若设L为网线长度，G为网线重量，r为网线的单位体积之重量，d为网线的直径，则：

$$G = \frac{\pi d^2}{4} \cdot L \cdot r$$

由此可推出：

$$d = \sqrt{\frac{4}{\pi r} \cdot \frac{G}{L}}$$

将网线想象为均匀的圆柱体，难以实测的网线直径问题便迎刃而解。然而，理想的圆柱体在实际生活中是难以出现的，若把数学逻辑应用于古国传统下的日常生活，必然会一败涂地。毕竟我们在生活中难以找到这样均匀的圆柱体，也不会有保持直线状态的网线，这些只能在理想状态下出现。

按照理论值，网线直径一目了然。但拿到渔村中，每个人都振振有词，他们各有自己的标准，互不相让。他们有着不同的网线直径标准，在日常生活中，居然也都行得通，这就让人对标准的设定产生了巨大的悖谬感。数据在这里变得无足轻重，执着于标准的厘定似乎愈发可笑，价值混乱的年代在渔村悄然降临。

尼龙网线进入了渔村的日常生活。从技术角度来看，尼龙网线作为结实耐用的网衣材料，具有较高的湿态断裂强度，适当的伸长率，良好的弹性、柔挺性，以及抗腐、耐磨、耐热、耐盐碱腐蚀等性能，同时吸水性较弱，比重较小，抗霉菌、抗水生生物附着和抗虫咬等优势明显。因而，尼龙网线成为渔家堂前的常客。尼龙线的绿影穿宅过户，集结成网。这些现代工业的合成材料如同天外来客，占据了古老的渔村弄堂，它们会在月圆之夜忽明忽暗地闪烁，散发出琉璃之光，这是白天难以见到的景象。弄堂外横着竹竿，竹竿两头跨到两边的高墙上。渔闲时节，正是织网补网之时，成捆的丝线从竹竿上垂下来，雄踞在半空，笨重而又轻盈的飞翔姿态令人惊异，仿佛天外来客的飞行器。我想知道它们的来处和去处。

我在夏夜里醒来，摸黑到弄堂口去吹风，那些发光的巨大石钟乳从天而降，整个世界因此颠倒——它们在我眼前出现，倒挂或悬浮在半空，来自遥远的童话国度，怀揣着不为人知的身世之谜，随时都会飞走。我走近细看，原来是成捆的网线，每根丝线上都有丝丝缕缕的月光在流溢，流动方向各不相同。嘈杂的光斑在网线上散射，这时我才知道，那些在白日里默不作声的网线，原来都是活着的。闪耀的明月光华流转，似冷而硬的火后余光，带有金属熔浆落地后的冷硬拙重，我不禁想起古齐国的虹霓剑来了。

那是两千年前的夜晚，群星落尽。虹霓剑的霜刃隐于白鲨鱼皮剑鞘内，白光自内而外，映在剑鞘上，在黑夜里也有暗虹闪烁。雕花的几案嗡嗡抖颤，紫黑的横向木纹抖成了水波，桌面积存的灰尘朝墙壁方向荡去。不多时，几案上便光洁如新，原来宝剑早已厌恶灰尘，刃口轻轻一颤，尘埃便尽行褪去。剑室的主人已经离去，杳然不知所终，他弃掷宝剑而不用，倒悬于剑室的虹霓剑却鸣啸不止，常于夜间飞去，取人首级，来去如风，星星点点的光亮一闪即逝。如今它失落在海边丘陵间的渔村，没有名字的渔村。渔村交错的屋顶之上，是夜夜飞旋的星空，群星在屋脊上腾跃不止——闪耀的星星仿佛都是网线的横截面，映照着纷繁世界的镜像。母亲说，每颗星都是一个人，地上的是人，天上的星就是人的元神。忽明忽暗的灵魂，正是芸芸众生的熙攘。我童年时的世界，因之广阔起来。我在海角之隅，就看到了那么多的人，见识了那么多奇异的景象，在我离开半岛以后，就不会为纷繁错置的世事而轻易吃惊。

我把那晚见到的网线情形告诉过不止一人，而他们都茫然不知所措。在他们看来，眼前这个滔滔不绝的家伙所说的一切，无异于天方夜谭。在他们的生命里，本能取代了一切，谁见到过渔村弄堂里的丝线，又何曾有过有关这异美的经历与对其的惊叹？

绿光燃烧、闪耀，深夜的弄堂只有我的影子。那一夜，我走在网线之间，不断躲避它们迎面飞来的肥硕身子，长久注视着阴寒彻骨的绿光。不多时，那些绿光脱离网线，飞入星群中。夜空中光焰大炽，群星瞬间遁走，网线随即暗淡无光。原来，东方的天地混沌处已经发白，长夜竟如白驹过隙。

那一夜，有人在海边的沙洲上夜观天象，一直看到满天的星斗熄灭。观星的人忧心忡忡，在沙洲上走来走去，黎明时的海风撩动他的头发——满头燃烧着的黑色火焰。借着初升的霞光，可看到沙洲上布满了观星人的黑色脚印，呈环形排列，在沙滩上留下难解的图谶。你知道，这是很多年以前的事情了。

补记二

沪与汕：渔具的地名学

地名是注记地理实体或地域空间的一种符号，也即"地理概念实体"。地名中往往叠加了诸如历史、民俗、语言、地理等不同领域的残骸，这足以使地名学成为厚实的沉积岩，甫一剖开，便可发现内中的文化褶皱，这是地名的魅力所在。

几年前，我曾对沿海及沿江河地区地名进行梳理，发现不少以渔具命名的地名。这种命名方式，基于渔业生产留下的遗迹，亦是民风民俗之所化。渔具进入地名，可看作是器物的功能延展，渔具溢出了其作为工具的边界，从而成为指涉甚丰的地名。

在我国沿海城市的名称中，最为典型的渔具地名，当数

梁魚

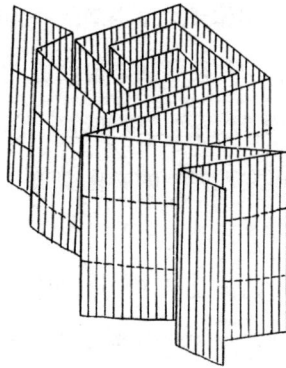

沪与汕。

众所周知，上海简称沪，亦称沪上。但鲜为人知的是，沪是一种古老的渔具，其雏形甚至可以追溯到新石器时代。这似乎和今日上海的都市景观全然不相干，但若梳理上海的前世之身，也就不难理解"沪"这一简称的来历。

我们的先民在沿海沿江之滨，插竹或堆石为坝，利用潮差来截获鱼虾，用竹者称为竹沪，用石者称为石沪。沪是历史上最为古老的渔具之一，南朝顾野王《舆地志》载："插竹列于海中，以绳编之，向岸张两翼。潮上即没，潮落即出。鱼随潮碛竹不得去，名之云扈"。《太平广记》中也提到了扈："近有海上人于鱼扈中得一物，是人一手，而掌中有面，七窍皆具，能动而不能语。传玩久之，或曰：'此神物也，不当杀之。'其人乃放置水上。此物浮水而去，可数十步，忽大笑数声，跃没于水。"在古代诗文中，此器又名鱼梁，孟浩然《与诸子登岘山》诗云"水落鱼梁浅，天寒梦泽深"，即言水落之后鱼梁露出。因在江河湖海中使用，"扈"后来被加上三点水，写作"滬"，简化之后变成了"沪"。

沪最早见于地名，可追溯至东晋。那时吴淞江直通大海，沿岸居民在海滩上置竹，以绳相编，根部插进泥滩中，浩荡的竹墙向吴淞江两岸张开两翼，迎接着随潮而至的鱼虾蟹。而那呈喇叭形的河口又称作"渎"，故吴淞江一带被称作"沪渎"。陆龟蒙《渔具诗序》说得更为直接："列竹于海澨曰沪（吴之沪渎是也）。"

沪渎也即布满竹沪的河川，其地大致相当于青浦区东北旧青浦一带的古吴淞江。吴淞江古称松江，又名松陵江、笠泽江，河口段曾宽二十里，是太湖入海的主干水道。唐天宝五年（746年），于吴淞江下游南岸置青龙镇，镇东临海，水面辽阔，曾是鱼沪林立的世界。东晋吴国内史虞潭"修沪渎垒，以防海抄，百姓赖之"，沪渎也是一种抵御海寇的军事要塞，屡屡出现在地图上。东晋末年的孙恩在海上起兵，袁崧筑沪渎垒以防备孙恩，但终被攻破，城陷身死。《世说新语·德行》中记载了一则与这次战役有关的故事，从中可见六朝时沪渎的战乱之苦：

> 吴郡陈遗，家至孝。母好食铛底焦饭，遗作郡主簿，恒装一囊，每煮食，辄贮录焦饭，归以遗母。后值孙恩贼出吴郡，袁府君即日便征。遗已聚敛得数斗焦

饭，未展归家，遂带以从军。战于沪渎，败，军人溃散，逃走山泽，皆多饥死。遗独以焦饭得活，时人以为纯孝之报也。

孙恩后来又在沪渎被刘裕击败，逃至舟山群岛。这个孙恩后来被称为"海寇之祖"，后世据守海岛作为基地的枭雄，都在孙恩那里受到了启发。东晋大将刘裕因征讨孙恩而起家，功高震主，逐渐坐大，最终篡了东晋，建立刘宋政权，南朝由此拉开序幕。南朝政权更迭频繁，宋、齐、梁、陈等政权如走马灯一般轮替，国柄多为武人自恃兵强马壮而谋篡，连年兵燹不断。再到侯景乱梁，富庶的长江下游地区"千里绝烟，人迹罕见，白骨成聚，如丘陇焉"（《南史·侯景传》）。最后侯景众叛亲离，败退到松江，与心腹数十人坐船从沪渎入海，企图北逃，最终被部下所杀。当时的沪渎拱卫京师建康（今南京），外接舟山群岛，进可以攻京畿，退可回海岛，作为战略要地，争夺惨烈，几经易手，以致生灵涂炭。

至宋代中期，沪渎已经不能行驶大型的船舶，往来商船都停靠到吴淞江支流上海浦，沪渎旧址逐渐塌陷于江中。南宋景定、咸淳年间，上海浦日益繁华，设为上海镇。后来，沪之旧名仍在，便作为上海市的简称，沿用至今。

与沪类似，汕头这一地名也源自渔具。汕是一种古老的渔具，《诗经·小雅·南有嘉鱼》："南有嘉鱼，烝然汕汕。"汕，即带有提线的抄网，用来捕捉小鱼小虾，是一种比较原始的囊袋状的小型网具，主要用于内陆淡水，作业规模相对较小。艺学轩影宋本《尔雅音图》中有"罦谓之汕"的考证。汕与罾之类的提线式网具相似，但比罾稍小，灵活性似更佳。

清康熙八年（1669年），改鮀浦水寨为汕头汛，乃有了汕头之称。如今，汕头已发展成为中国南方的重要港口城市。与汕头相似的，还有汕尾，二者都与汕这种古老渔具有关。

以渔具为地名的上海和汕头，如今已被高楼大厦覆盖，古老的渔具难觅踪迹。渔具成为城市之名，是一个饶有趣味的文化事件，这是渔具的胜利，亦是民风民俗的胜利。回想当年，这些沿海城市的海面上还满是竹沪与网影，一眼望不到尽头，乃至遮蔽了海滩。而且，这些定置渔具的使用又非止一日，它们以极高的使用频率而久占近海。可以想见，若无庞大绵延的空间优势和持久使用的时间优势，小小的渔具是难以成为地名的。

补记三

渔祖庖牺氏考

在东夷部落，有位首领庖牺氏，他是先民中杰出的智者，很早就显示出与众不同的创造力。他最早教族人结网，带领族人在近海的浅水中捕鱼，故庖牺氏被族人尊为渔祖，即"渔业之祖"。半岛上的"郎君港"遗址，相传是庖牺氏结网造船、出海捕鱼之地。以现有的出土发掘资料来看，当时的文化遗存里已经有梭鱼骨。梭鱼游速快，入网后又会跳出，先民们是如何捕捞到这种鱼的，至今还是一个谜，有待进一步考古发掘的实物来做印证。

关于庖牺氏，《易·系辞下》曰："古者庖牺氏之王天下也……作结绳而为网罟，以佃以渔。"庖牺氏即伏羲，他是古籍中记载最早的王之一，是东夷部族的首领，所处时代约为新石器时代中晚期。这个时期有许多发明创造，都归于伏羲氏名下。庖牺氏是伏羲氏的异名，庖牺即伏羲，类似的名字还有包牺、宓羲、牺皇、皇羲，都是伏羲氏的别称，这些神圣的东夷部族姓氏或许都指代的是同一个人，后来出现了异名。庖牺氏的年代，混沌中含有原始莽力，一个民族的童年时代满是质朴与纯真。

可以想见，庖牺氏那时是一方之主，他的威信无人能及，他已经是一个典型意义上的"王"。他以杰出的个体智慧和卓越的发明创造而被推举为王，这让我们想起轩辕氏、燧人氏、有巢氏、宿沙氏等一连串光辉的名字，还有与他们智慧相对称的一件件伟大发明，云蒸霞蔚，耀人眼目。

遥想一万多年前的半岛，初升的晨光照彻了海岸的平原，条条沟壑都被光亮填平，海岸上飞起一群短尾鹬，宛如一片急剧膨胀的褐色云烟。九条河流在这里争相入海，在河口地带形成无数飞旋的涡流，飞鱼跃出海面，贴着浪峰滑翔。庖牺氏的族人就生活在这片冲积平原上。此刻，族人聚集，鼓声动地，麻绳织成的渔网在他们肩头流泻，每个人的肩头都有这样一匹柔顺的瀑布——瀑布在身体之外汩汩流淌，这是他们身体的一部分了。然后，他们便跳起了旋转舞，仿照海浪的起伏而做出高低相间的节拍。庖牺氏感到眼前波涛汹涌，黑压压的头颅聚集成无边的海洋。他在这海洋面前伫立良久，终于被翻滚的浪花灼伤，不由得一震，心中便有黑压压的波浪在应和着节拍。他头骨上骤然一紧，似要胀裂。

和所有的部族首领一样，庖牺氏也是那个时代的大巫。巫是通鬼神之人，巫师又是医师、乐师——求神问药，舞乐悦神，巫与政事混杂不清，实为后世政治装神弄鬼之滥觞。他振臂一呼，应者云集。他走到人群中，人群组成的潮水立刻分开一条大道。庖牺氏一踏上这条大道，立刻精神百倍，他脚踩鼓点，莫不对应，足见舞技之出众，他是那个时代能歌善舞的王。近世不断有学者对此质疑，认为是鼓手故意在庖牺氏落脚之时才击鼓——在他们看来，是鼓手眼疾手快，他们紧盯着庖牺氏的脚，庖牺氏的脚刚落地，鼓槌就同时落下，所以庖牺氏之舞与鼓点严丝合缝，显得庖牺氏舞技高超。这种推断，显然陷进了"以今推古"的泥潭，实不足取。

再回到一万多年以前的半岛，庖牺氏的族人们走在海边的冲积平原上，瞬间便融入其中，最终消失在地平线上。他们消失的方向，正是半岛南部绵延不绝的蓝色地带——这是很久远之前的故事了。那么多的王，都在海隅一一消散了。后来，半岛先民为纪念庖牺氏，在他居住过的地方修建了"渔祖庙"，每年的三月十二举行盛大的祭祀。庖牺氏在正殿端坐，是腰系树叶的先民形象，而看相貌，却是当地渔家汉子的浓眉大眼，长发披散于两肩。

当我再次回到半岛，只得到一个模糊的印象：曾经有这样一个人，在这里留下了行迹，而种种行迹，终于以肉体的顺次传递为桥链，从一具肉体到另一具肉体，超越时空，以雄奇伟力破空飞来，而到我们面前时，似乎已成强弩之末。一万多年毕竟是一段浓稠的时空，于是只留下了模糊的印象——世上曾有这样一个人，曾做了些什么，山河仍在，他的行迹在大地上若有若无，我们连他的名姓都难以确定，只能重复几个以讹传讹的音节。我们对历史的感知，对先民的认识，几乎难以兑现，浩大的时空阻断了一切消息，只剩下关于他名字的模糊发音。我们掌握的他的名姓，可能早就是错的，历史无非是以假作真，并且煞有介事。

一万多年之后，希腊人尼可斯·卡赞扎基斯来到中国，他遍览帝国的山川形胜和历朝旧迹，帝国辽阔的疆土曾令他

　　　　　　　　　　　　　　　　　　渔具列传

不知所措。当他拂去残碑断壁上的尘土，在几千年的古道上怅然久之，帝国的内在肌理在他面前一一呈现。

那时节，卡赞扎基斯走在野外的田地，农家肥的恶臭使二十世纪初的乡土中国的空气异常绵密，时时阻挡前行的脚步。而他脚踏着的地下，就是当初的官阙繁华之地，而今皆归于尘烟。他在无尽的原野中忽然想到，曾经南面称王者竟如恒河沙数。在归途的日记中，他不无感慨地写道："雾人，克里特人把他们称为雾人，在雾中出现，在雾中消失。中国的王也是雾人——他们在大地上出现，在大地上消失。"

补记四
拖网力学分析

　　拖网（trawl）在捕捞作业中以机械动力船的牵引力为主导，此间各种力的交叉作用尤为复杂多变，水压力、水阻力，甚至鱼虾的挣扎作用力、与海底泥沙的摩擦力，各种力密集分布。在不同操作阶段，比如放网、拖拽、起网等，受力也各不相同。

　　在拖网的众多受力中，水阻力是拖网的重要指数，它制约着相应的渔船功率和网索牵引力。拖网所承受的水阻力 F 由两大部分组成，即由水动力而形成的动水阻力 f_d 和水摩擦阻力 f_m，其中动水阻力又由压差阻力 f_p 和兴波阻力 f_w 组成，它们之间的关系可以表示为下式：

$$F = f_d + f_m = f_p + f_w + f_m$$

这几种水阻力有时独立存在，有时几种并存，共同造成了拖网在力学上的复杂属性。渔具在流体中运动时，主要遇到水摩擦阻力和压差阻力。如果网具在水面运动，则还会遭遇兴波阻力。下面一一分析：

a. 摩擦阻力。摩擦阻力是物体与水体互相摩擦，从而消耗了物体前进能量的阻力。一个相对于流体运动的物体受到阻力，这个阻力与它的运动方向相反。水自身有黏性，与运动物体紧密接触的边界层内的水流也获得了一定的速度。紧贴物体表面的水层相对于物体的运动速度为零，而随与物体的距离增加而增加，水质点的运动速度达到水流与物体的相对运动速度值，因此，在边界层内的水流具有相似的速度，只不过越远离物体表面，其速度越低，无形中拉低了物体运行速度，这体现为水体对运动物体施加摩擦力。

b. 压差阻力。压差阻力即压强差的作用力。当流体流经一物体时，如果该物体的外形不是理想的流线型，或者由于冲角的关系，往往会在被绕流物体的尾部产生漩涡。漩涡的存在使物体尾部的压强和没有漩涡时的压强有着鲜明的差别。因而沿物体外形的压力之合力不等于零。因为它与压力差有关，故又称压差阻力。因它与物体形状密切相关，一般俗称形状阻力。从能量角度来看，形状阻力的成因是，界层内水质点的动能因克服黏性而被消耗，以至物体后面的压强达不到势流中应有的大小，使物体表面压力分布发生变化而造成的物体前后压力之差。压差阻力即异质行走于流质之间所遭受的阻力，若将压差阻力引入到社会学层面考量，定会产生新的内涵与外延。异质的存在，从一开始就因形状差异及质地差异而承受巨大压力。

c. 兴波阻力。兴波阻力是指船在水面航行时激起的波浪给网具造成的阻力，在浮拖网的作业中尤为明显。海面上无风三尺浪，层层亮瓦在阳光下不断推进，它们源源不断地生发出来，一波过去后，另一波迅速取代它的位置，乃至于交替速度过快，使人觉得波浪并未移动，而是呈现出曲面状相对静止的假象。波浪的力量古老而又神秘，是来自自然界内部的伟力。古人在神佛面前求签以占吉凶，东海之滨的龙王庙中常见的一首签诗中写道："龙蛇混合最难分，乘势风云自出群。有日升腾归大海，兴波鼓浪见神君。"签中词句的意思介于可解与不可解之间，似乎字里行间隐隐包藏遭逢际遇、行藏进退，又似乎什么都没有说。这是所有签诗的共同特点，波浪等自然之力被用到占卜中的例子并不鲜见，波浪的神秘力量是古老族群的集体记忆，上古时代关于波浪的恐怖经验，常出现在族人的梦境，昭示着我们前世之身曾与海洋有着密切关系。当拖网在水面或部分位于水面之上运动时，便扰动了水面，在拖网后方就会留下一个飞旋的扰动区域，物体兴起波浪需要能量，能量还随波浪向外传递。

d. 鱼虾阻力。鱼虾在网具内的不规则运动与挣扎，使网具在不同方向上受力，其受力作用与渔获的类型密切相关，该阻力类型则因情况多样而难以量化。通常情况下，可将鱼虾阻力看作各个方向的辐散作用，亦可视为各股力相互抵消，故一般忽略不计，在实际计算中视为零。也就是说，痛苦和挣扎是难以量化的，故通常是被忽略不计的。我在海边度过了二十年时光，见到船上起网，网眼里积压变形的鱼虾或喷水或腾挪，瞬间在网内造成大哗，耳内一阵阵泡沫碎裂和水柱喷溅带来的噪音，你我都可从鱼虾的弹跳中看到自身命运的镜像，仿佛一个古老的预言，时刻投射着阴寒的暗影。

列传第三　钓钩

二四　皇帝的钓钩

　　走在海边的沟汊地带，会看到三五个孩子站在水边，花花绿绿的衣服在灰色海滩上格外显眼。他们是附近渔村里的孩子，最大的也不过十二三岁。他们手里攥着透明的尼龙丝线，丝线的另一端沉入海底。在那看不见的海湾深处，亮银色的鱼钩正闪着微光，缓缓下沉。他们装作若无其事，有的抬头看着天，有的在原地踱步，还有的蹲在海滩上翻找贝壳。他们手中的钓线是透明的尼龙线，悬在空中几乎隐形，肉眼很难发现。然而他们紧攥着的右手却出卖了垂钓者的身份——手背上有几根若隐若现的青筋涌动，虎口处指向那片起伏不定的海域，看不见的钓线从手心里蹿出，刺穿海面，钻进了那片深蓝的海域。整个海滩空空荡荡，只有几个孩子

鈎 釣

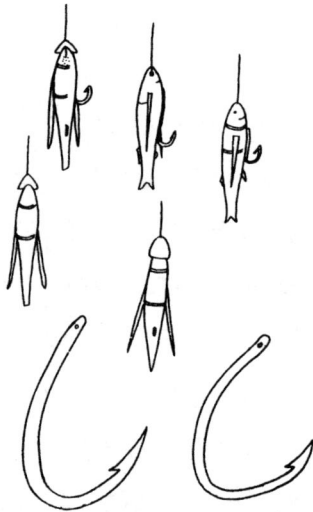

手持丝线，把跳荡不止的海浪牢牢拴在手中。

鱼咬钩的时候，孩子首先感到食指第二个关节上丝线一紧，他赶紧往回一带，手掌宽的鱼破水而出，径直飞入孩子的掌心。他劈手抓住，五指深陷进鱼鳞里。鱼尾忽然翻折过来，重重抽在他手背上，传来清脆的皮肉撞击之声，水花溅满了前襟。他忍痛把鱼塞进小褂的口袋里，捂住袋口，沿着土路跑回家去。他的家就在海滩之后的一片房屋里，那是渔村的最前端，有的人家甚至把船停到了门口的滩涂上。此刻，他小褂的口袋翻腾如兔跃，粗布中传来遥远而又沉闷的撞击，但很快就被他的小手给压下去了。把鱼扔进木盆，他长出一口气。不到一天，这里已经积攒了半盆鱼，他拿起其中一条，鱼钩在鱼上颌留下的小孔清晰可见。这时他记起父亲买回钓钩时的情形了——蝎尾似的银钩摆满了窗台，银钩光洁的表面映出了窗棂弯曲的形象，也映出了他弯折的脸。

这些钩生来就有反骨。父亲说。这种钩不是由笔直的铁丝弯曲加工而成，而是从整块铁板上直接镂出的弯钩——它们生来就是弯曲的，不论多么凶猛的鱼都没法把它扳平。

听了父亲的话，这个十几岁的孩子感到微微的心惊，世上居然有生来就弯曲的钩，从来到世上开始，它们就是弯折的。这样的事，他在将来还会遇到很多。当他轻抚着它们中的每一个，彻骨的寒意从指间直达后背，脊柱的间隙里忽然有了奇异的酥痒，他赶紧缩手，哪知钩上的倒刺早已戳进了粉嫩的手指肚。他的哭声惊动了大人，他们忙扔下手里的活，跑过来看他的伤处。父亲一把抓过他的手，把鱼钩摘掉，就像摘掉刚钓的一条大鱼。伤口是个红斑点，冒出的血在那里聚成了豆粒大的球形。大人们笑着走开了，没有人来安慰他，他哭得更厉害了。这是钩送给渔村少年的见面礼，那么早就教他以后对生活必须小心翼翼，鱼钩带来的伤痛终生难忘。

与渔家子弟的谨小慎微相反，我想到了那个肆无忌惮的古代皇帝。他是有史以来第一个皇帝，因为他首先使用了皇帝这一称号，并且武力征服了天下。几千里江山绵亘不绝，尽数绘在金色绢帛地图上。经他的手徐徐卷起，金色绢帛霎时隐入黑暗。河流在金色绢帛中满溢，值更的太监在屋殿听到水流的喧哗，不禁暗暗吃惊，那是帝国的河流在翻滚。在帝国的版图上游历，恐怕要耗尽一生的精力，而这位皇帝在后来的海滨之行中确实付出了生命。

天下既定，皇帝东巡到了海边，并有幸像渔夫一样做了一次垂钓。他到来时，正是半岛最好的时节。春日迟迟，槐树椭圆的叶片蜂拥而至，一夜之间就覆盖住了岛屿。可惜他的钓鱼技术远不如攻城略地的手段高明——刚咬钩的鱼丝毫不慌乱，它咬断鱼线，衔着鱼钩和鱼饵逃走了，头也不回地游进了漆黑的深海，闪亮的鳞光最终在暗处熄灭，只留下无边的黑暗。皇帝身子不由得一震，他站起身，愤愤甩了甩衣袖，掀起的风声引发了微型地震——身后的文武群臣纷纷跪倒，以头杵地。皇帝下令，必须追回金钩，将逃鱼擒获。群臣抬起头，望见了波涛汹涌的海面，顿时不作声了。大海茫茫无际，要在海底寻到鱼钩，实在是太难了。群臣的沉默，更让皇帝恼怒，但又无可奈何。眼前的海，竟然在他的管辖范围之外。

在回去的路上，车辇的金色流苏随着地势跳跃，端坐车中的皇帝想起了波浪，他的眼前总是出现那条衔钩而去的鱼。那条鱼不知叫什么名字，只记得它细鳞巨齿，面无表情，浑身银白，有三尺多长，白鳞包裹着的身子蕴藏着沉默的力量。鱼嘴咬断丝线时，通过钓竿传递过来的阵阵痉挛，清晰地触碰着皇帝的手指。皇帝想了一路，整夜失眠，他撩开车驾的布帘，黑而硬的山川在他面前闪过，遮天蔽日的仪仗此刻委顿如蚁。他轻轻叹气，几天后，意外身染恶疾，在归途中郁郁而终。

皇帝的死讯传到东海，已经是半年之后，帝国辽阔的疆域延缓了消息的传递速度。有个年轻的渔夫坐在小船上钓鱼，他的船离岸不远，泊在石崖之下，所以谁也没有注意他。当他听到往来的船家争相传递的消息，草帽下面的红唇浮现出一丝轻蔑的笑，他下巴上的丝绦来自草帽深处，把草帽牢牢地拴在头颅上。此刻，那几束丝绦因他的微笑而轻颤，钓线入水的节点荡起几圈细小的波纹，岸边有人看到了他不易察觉的下巴的轮廓。

那个年轻的渔夫是不是我的前生？

二五　钓者之梦

　　海滩上的垂钓者在雨中支开了帐篷。黑油纸的方角帐篷护住了垂钓者的身子。钓竿从帐篷门缝里伸出去，钓丝在风雨中弯折，浮子上下跳动，是雨势所激，并非鱼儿咬钩。这时雨来得更急了，敲打在油纸帐篷上的巨响令他坐卧不安。雨点砸下来，留下长久的回音。他在帐篷里不但听到了，也看到了，每次重击都在油纸上留下深坑。垂钓者庆幸自己带了帐篷，在雨天里也能继续垂钓了。

　　垂钓者在帐篷里度过一下午的时光，他在大雨带来的惊吓中入睡，连做了三个梦。

　　他披衣而起，铁器撞击之声盈耳。他起身观看，才知道置身于铁匠铺。撒豆似的雨声消失了，屋内红光起落，炉火

花鈎

把铁匠的身影照在墙上。烧红的铁板，在铁锤的敲打下冒出火星，每敲一下，铁板就出现一处圆形凹陷。这样的情景似曾相识，却想不起在哪里见过。就像他常年的偏头痛，说不定何时出现，那疼痛之源也无处寻觅，唯有海上垂钓才能使他忘掉疼痛。铁匠背对着他，他看不清铁匠的脸，只见铁匠握锤的右臂上下挥动，右肩随之耸动。铁板已经卷了边，红色退去，黑暗取而代之。垂钓者刚要近前观看，只觉眼前一黑，又倒在床上，这是他的第一个梦。

当他再一次从昏睡中睁开眼，耀眼的白光直射进来，原来他躺在海岸，海水升至天边，水面反射着太阳的白光。他在水和光面前不知所措，阳光的亮斑与水的碎片混为一体，不知那些晃动着的是水还是光。菱形的碎块幻化成鱼，每块亮斑都是一条鱼。鱼群盖住海面，把海上一波一波的浪头给压了下去。他扔掉钓竿跳进鱼海里去捉鱼，双脚落在鱼的脊背上，如履平地。他俯身，探双手抓起两尾鱼。哪知鱼刚离开水面，原先平地般的鱼阵就开始破碎。他身子一歪，落进水中。这时他才惊醒，发现自己接连做了两个好长的梦。

帐篷外的雨还没有停的意思，他又合上了眼。这一次，他看到先前的铁匠蹲在岸边，将烧红的铁板放在海水里淬火，整个海湾的水都沸腾起来，而铁板上的红色还未消退。钓者大惊，眼见着海面上冒出了丝丝白气，耐不住热浪的小鱼小虾最先翻了肚皮，漂在海面上。大鱼焦躁不安，接连跃出水面，海岸也在急速下坠。这时海面上布满了密集的鱼群，鱼脊密密匝匝，所有的鱼都奄奄一息。前两个梦的场景在第三个梦中交叠出现，并且合为一处，钓者正在这第三个梦里，回想着它和前两个梦的诸多相似之处。铁匠回身朝他一笑，他不由惊出一身冷汗——铁匠的五官模糊不清，一团流动的云团将他的面目遮蔽，只有嘴角的冷笑清晰可见。铁匠起身，踩着海面上的死鱼走远了，走到了海的深处，直到看不见。

垂钓者从梦中醒来，雨已经停了，插在地上的鱼竿被大鱼拖进水里。水面上有大片死鱼，竟与梦中所见完全相同。从此以后，他索性弃竿不用，放弃了四处垂钓的生活，永远离开了东海烟波之地。

二六　夜钓者

　　夜钓的渔人在船上隐去身形。在夜晚，船和人都不可见，钓竿和钓线也隐身于黑夜中。海面上孤悬着一点亮斑，那是夜钓者在抽烟，这一点明火证明了他的存在，同时也吸引了无数飞虫。他左手拿下烟，搁在船头，扬手扑打飞虫，持竿的右手却纹丝不动，钓丝在海面的切口也未能偏移，照样在原处和水面保持胶着状态。

　　鱼咬钩时，他扬手提竿，把鱼甩出水面。他在黑暗中看到鱼身上附着的一层水膜，劈手把鱼攥在掌心，嘴里的烟火丝毫没有移动。鱼钩再次回到水中，在看不见的深渊里坠落。他的意识也随着鱼钩深潜到水下，导引着鱼钩躲开水草和暗礁，安然悬在水中。做完这一切，他才长出一口气，在

釣竿

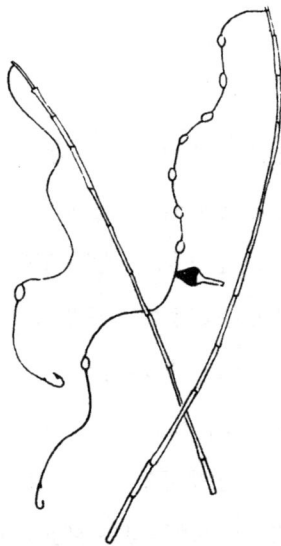

船头端坐下来。

　　这是初夏的海上之夜，一夜之间，暖风吹彻，即便是在深夜，他也感到风起了细微的变化——吹在手背上，手背忽然一阵微温，浑身的血脉开始解冻，像大潮一样汹涌流动。抬头望，原来星斗已在暗中偷换。南天之上，角星和亢星光华大炽，照耀着海上的这一人一船，仿佛自古至今的海上只有这一人一船而已。四下里是无边的海水，鱼出水时，也照样带着满身星光，这些鱼或是星群落水的化身。鱼进篓，光华便黯然消退，时间已随着鱼鳞上的星光遁走。

　　那天一早，我恰好从街上走过，正逢夜钓的渔夫回来。临街的院门大开，渔夫的女人蹲在木盆前洗鱼，她将在早市上把鱼拿出去卖。此刻，渔夫的侧影显在窗户上，正端着饭碗快速用筷子拨饭，碗沿不住掀高，这顿饭开始见底了。饭毕他就要躺下大睡了，直睡到日过正午，才起身出门去闲逛，走到街上与人对弈，傍晚才回。

　　我羡慕渔夫的夜钓生活。到如今，已经没有一片安静的水域可供垂钓，水里的鱼数量锐减，也不足以糊口了。后来，我在城市中穿行之时常常想起这个夜钓者，想起他唇间的烟火和落在窗户上的狭长侧影，耳边又响起他潮湿的衣袖蹭在墙角及门框的浊音。

二七　摘钩工

　　那年中秋前后，船老大开始张榜招收摘钩工。条件简单，只需十八岁以上的壮丁，手脚麻利即可。告示在渔港贴出后，陆续有年轻人上门来应试。船老大住在街尾的水塘边，晚饭过后，他家窗口就亮起红光。我从房顶收完晾晒的干鱼，望见对面的船老大家里站着五个小伙子，船老大招呼他们坐下。他们的身影出现在窗口，他们在灯下喝茶。船老大举杯相劝，六人同时举起茶碗，一起仰头一饮而尽。六个拳头大的喉结在灯下滚动，我仿佛听到六颗喉结如圆石，从山坡的石阶上坠下，沿途激起一溜烟尘，轰鸣声不绝于耳。

　　我正抱着干鱼筐站在屋顶，看到对面屋里的情景，忍不

繩釣

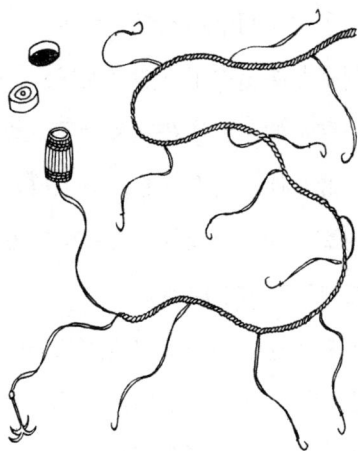

住停下来，愿为这壮观的场面稍留片刻。船老大端来五个笸箩，笸箩边缘挂着一圈鱼钩，钩尖上挂着干鱼。这是考试题目，要这五个年轻人把鱼钩上的干鱼摘下来，看谁摘得又快又多。一声令下，桌面上成了手与胳膊的战场。船老大倚在椅子靠背，紧盯着五个人的十只手。终于有两个年轻人明显落后了，他俩摘下的鱼只有三五条，而且多半断了头，看来是急性子的拙手，这样的条件是完全不适合做摘钩工的。不多时，五个小伙子中有两个站起身，我看不清他们脸上的表情，只看到他们垂着头出去了，船老大送到房门。显然，这两位是落选的。剩下的三位还在交头接耳，船老大回来时，他们又恢复了安静。他们坐在一起，桌上摊开白纸，是在订立协议，这是为海上的安全而提早准备的。签字完毕，他们还在交谈，不断有笑声传上屋顶。

我无意中看到了这一出招募摘钩工的场面，想到他们第二天就会出现在海上，在他们的船后，照例会拖着一条漫长的钓绳。我顺着梯子回到方形院子里，边下梯子边想着他们第二天的行程。我眼前出现了黎明前的灰色海域，海平面上的星光坠落海底，这是渔家少年最为熟悉的景色了，钓绳就在灰蒙蒙的海天之间铺设。在惺忪的睡眼之中，一只只亮银钩和浮子纷纷从手中抛出，越过船舷，在水面砸出脆响，沉到了深渊之内。这时你才意识到水的真切存在，不由得凛然一惊，所幸脚下的渔船稳稳托起了肉身，也使这次远行有了结实的依靠。

摘钩工的工作是从钩上往下摘鱼。船老大在海上布了钓绳，钓绳是手指粗的尼龙线，长者可达几千米。钓绳上捆缚浮子，几千米的长龙在海面曲折盘旋。钓绳下每隔五到十米就悬着一条细绳，绳头挂满钩和饵。无尽的钓钩组合，相当于几千人同时执竿垂钓，如今只需三个人就能操作了。

海上钓绳长龙最巨者可达万米，白色的浮子紧紧贴在波浪的尖峰和谷底，几只牵引着钓绳的渔船驶过，把整个海面都锁住了。在看不见的水底，有无数鱼正在咬钩，钓绳沉没又升起。如果恰好遇到鱼群，钓绳便会无意中挂住鱼群的肉身，将鱼群球状的阵仗拦腰撕裂。鱼急于逃命，撞向其他钓绳，幸免者寥寥无几。

船老大带着三个摘钩工在海上不断提钩、放钩，这三人却抵得上几千人的单竿垂钓队伍，摘鱼如同探囊取物。你知道，这是很久以前的事情了。

二八　八宝钩

八宝钩的技艺来自东海，不知是哪年哪代，也不知是何人发明。八宝钩落水便能钓到鱼，无须用饵，空钩照样得鱼，而且无须等待。见到真正的八宝钩，却比见到龙还要难，制钩的良匠毕竟百年不遇，也难标史册。他们的技艺，只在暗中秘密传递。

本族曾有老人用八宝钩在海上钓鱼，钩入水便可获鱼，身旁有一孩子帮助摘鱼，孩子累得满头大汗。刚从钩上摘完一条鱼，把钩扔回水里，鱼竿立刻提起，就又有一条鱼在钩上了。老人嫌孩子摘得慢，呵斥之声不断。这一老一少在许多年前的东海是一景，他们的钓术令人侧目。钩上无饵，弯折处不是常见的圆弧，而是奇异的锐角，这种钩打造时需要八种珍稀矿物混合，故被称为八宝钩。

八宝钩非铜非铁，造钩的匠人走遍名山大川，四处寻觅稀有的矿物。他有时应征去做一名矿工，在工作之余，留意自己所需的材料。从采矿到铸造，只为这一只小小的鱼钩，谁也不知他的秘密。铸造时要加入乌贼骨粉、飞鱼翅膀、南海玳瑁甲、鲸鱼粪便、鹦鹉螺外壳、黄花鱼头骨、翻车鱼鳞、章鱼吸盘、牡蛎油等近百种稀奇古怪的物件，淬火时要放在鲨鱼血里，钩最后就变成了绛紫色。

造八宝钩的良匠本来就少，凑齐这几样东西也实属不易，所以八宝钩是那样少，偶有出现，便足以惊世骇俗。八宝钩之巧，在于不用鱼饵便可获鱼。鱼钩奇异的配方散发着经久不衰的香气，海中大鱼不惜长途跋涉，纷纷前来赴死，这正是八宝钩的特别之处。

八宝钩来自东夷古老的巫术，在民间秘密传递了几千年，由一个神秘的家族掌握着，他们深居简出，几千年来隐遁在东海一角，打造着八宝钩，并以此为生。一生造成一只八宝钩，便可作为子孙之宝。他们的少年时代，往往衣食无着。八宝钩在他们的暮年才打造成功，他们必须为此忍受半生的寂寞。海上钓徒无不对八宝钩孜孜以求，但钓徒的梦想一一破灭了。至于本族的这位老人何时何地得来的八宝钩，已经无从稽考了，人们只是隐约知道，他的八宝钩是来自祖传，似乎祖传才是八宝钩的唯一来路。

直到有一天，八宝钩折断，钩尖掉进海底，老人郁郁而终。那个孩子继承了断钩，他把断钩扔进海里，仍有鱼纷纷游来咬钩，但因钩尖残损而频频脱钩，八宝钩近乎无用。后来，他将抄网提前敷设在钩下，所获甚多，从祖宗那里继承来的断钩仍然有效。他把鱼竿插在滩上，八宝钩垂在浅水里，深海里的大鱼纷纷游来。他坐守着祖传的残损八宝钩，用着最拙的钓术，足以令人瞠目。

补记一

古今海钓术举隅

先民最早使用的是兽骨或禽骨劈磨而成的鱼钩，称为鱼卡。鱼卡多为骨质，间或有木质、陶质、石质。鱼钩顶端设有凹槽或孔洞，用以系线，最初以藤蔓为线，后来代之以麻线。如此简陋的钩和线，构成了最早的钓具。随着青铜器的出现，鱼钩开始使用铜。钓饵一般选择鱼爱食用之物，如昆虫、米粒等。浮子则采用桔梗等植物茎干，有时也使用彩色鸟羽。鹬鸟的尾毛最轻，是常用的鸟羽，名贵的钓竿上也常配有孔雀羽毛作为浮子，吴国公子季札使用五彩孔雀羽做浮子。

古之善钓者，多为普通劳动者，名姓行止也多不可考。《列子》中提到古时一位叫詹何的钓术名家，他以蚕丝为钓线，以草木茎叶上的小刺为钩，用细小的竹子做钓竿，将一粒米剖为两半来做饵，在流水湍急的百丈深渊之中，钓到了足以装满一辆车的鱼，钓丝、钓钩、钓竿却丝毫无损。楚王听说詹何的神术后，惊问其故。原来，詹何做到了"心无杂虑，惟鱼之念"，投竿丢线时用力均匀，毫无浮躁之气，水中之鱼看到饵料下沉，就像看到尘埃或泡沫一样自然，所以才不惊不疑。钓者的形象已经颇类隐士，或者帝王师，钓术也往往讽喻政治。詹何就以钓术劝诫楚王：治国须举重若轻，不可浮躁。宋玉《钓赋》云："以贤圣为竿，道德为纶，仁义为钩，禄利为饵，四海为池，万民为鱼。"也是以钓术为谏。

《列子》中还提到一个海上钓鳌的故事，说的是渤海之中有岱舆、员峤、方壶、瀛洲、蓬莱五座仙山，山上有不生不灭的仙人居住，五山皆浮于海，常随潮波上下往还。"帝恐流于西极，失群仙圣之居，乃命禺强使巨鳌十五，举首而戴之。迭为三番，六万岁一交焉。五山始峙而不动。"这时有龙伯之国的巨人，来到海上钓走六只鳌，导致两座仙山沉没，仙圣迁徙者数以亿计。龙伯之国的巨人有如此通天彻地之能，应是当时东海上擅于捕鱼的一个部族的神化表现，后

渔具列传

世便以"钓鳌客"借指拥有非凡的胸襟与手段的人。赵德麟《侯靖录》载，李白开元中拜谒宰相，封一版，上题曰："海上钓鳌客李白"。

在海边礁石上垂钓，也叫矶钓，是海钓经常采用的地形战略。《庄子》中提到的任公子垂钓，应是最早的海边矶钓故事。任国有位公子，不屑于钓一般的鱼，特意做了一副大钩大绳的巨竿，专钓大鱼。他用五十头公牛做钓饵，蹲在会稽山上，投竿于东海波涛之中，等了一年，什么也没钓到，但任公子依然危坐。终于有一天，大鱼吞饵，牵着巨钩在水中乱窜，扬鳍奋鬐，直搅得"白波若山，海水震荡，声侔鬼神，惮赫千里"。任公子将钓得的大鱼腊制后分送当地百姓，自浙江以东，九嶷山以北，百姓莫不饱食鱼肉，世人"惊而相告"，疑公子为神仙中人。任公子这样的气魄风度，与上古时代磅礴坦荡的海洋精神是极为吻合的，精神的衰落却也是片刻之间的事。即便在庄子之时，这种精神也已式微，庄子提到的那些拿着小竿小绳，守着小沟小溪的人，心胸眼界低劣卑下，也就只能钓点小鱼小虾了，并且以为奇货可居，实是井蛙之举，"其于大达亦远矣"。直至今天，任公子那样的钓者已经不可复见，唯见持小竿小绳者遍地。

应当说，任公子垂钓的故事，又是海钓故事中最具讽刺意义的一个。

到了宋代，学者邵雍在《渔樵问对》一文中把竿钓归纳为六物。"六物者，竿也，纶也，浮也，沉也，钩也，饵也。"钓的模式至此时臻于完备，后世沿袭其术，有所损益，形成不同特色的钓术。宋代朱彧以海上亲身见闻写成的《萍洲可谈》中记道："舟人捕鱼，用大钩如臂，缚一鸡鹜为饵，使大鱼吞之，随其行半日方困，稍近之，又半日方可取，忽遇风则弃。或取得大鱼不可食，剖腹求所吞小鱼可食，一腹不下数十枚，枚数十斤。海大鱼每随舶上下，凡投物无不啖。"南海上以鸡鹅为饵钓巨鱼的场面，今日已经难以再见。此后海钓术几无进展。

如今，海上的机船捕捞业横扫各大海域，拖网流网遍及四海，当远洋渔轮的马达响起，属于古典时代的海钓术已然寿终正寝。

补记二
嬴政获鱼处及其渔法分析

    嬴政东巡时，东到大海，有感于东海鱼类之夥，曾于海边多次垂钓，史载不详，只在野史与方志中还有只言片语。

    始皇帝钓鱼处众说纷纭，大致有三处，分别是琅琊台、采鱼矶和芝罘山。这三处均在山东半岛，当时人们在地理上的认识，是将半岛作为"国之东极"的。在古人眼中，半岛是东方的极限，是日出之处，始皇帝东巡的目标就是这里。

    始皇帝二十八年（公元前219年），西来的车队卷起漫天烟尘，在李斯诸臣陪同下，秦始皇由咸阳动身来到琅琊，并命三军以头盔装土，垒成一座高台，以便登台遥望蓬莱、方丈、瀛洲三座仙山。这台子就是闻名遐迩的琅琊台。据《史记·秦始皇本纪》载："南登琅琊，大乐之，留三月，乃徙黔首三万户琅琊台下。"在琅琊台，秦始皇做过一次垂钓，钓钩被鱼咬断并带走，令皇帝大发雷霆。当时琅琊台紧邻海边，在台上垂钓，应为长竿抛投之钓法。清朝末年曾有好事者立石碑一通，后来断碑的上半截在附近农田被人发现，碑上"秦皇垂钓"几个大字仍清晰可见。

采鱼矶不知在何处，查阅《一统志》等书皆不见，或为东海上突立于水面的矶石，深水地形多为鱼群密集地，称作"采鱼矶"，便是极言得鱼之易。如今东海沿岸称作采鱼矶的地名不下十几处，多是后世附会其事。清人张潮《采鱼矶题壁》诗云："横夺六合莫相羡，钓罢归来便殒身。"说的就是秦始皇垂钓的故事，横扫六国，似乎只换来一钓的悠闲，荣耀转瞬即逝。矶石上的垂钓，被称为矶钓，最宜单人独钓。矶石翼然临于波涛之上，矶钓得其超然出世之趣，是隐士们的常见钓法。不知始皇帝的旌罗伞盖是否遮蔽了矶石之上的天空，如果是，那么鱼群受惊而走，亦在料想之中了。

始皇三十六年（公元前211年），火星侵入心宿，象征着帝王有灾。这时又逢有陨星坠落在东郡，落地后冷凝为石块，有人在那块石头上刻了"始皇帝死而地分"之句。秦始皇得知这一消息，就派人挨户查问，没有人出来承认，便下令将附近居民一概杀死，并将陨石焚烧销毁。陨石入火化成七只乌鸦，带着满身火焰飞走了，把夜空照得如同白昼。

同年秋，有使者从关东走夜路经过华阴平舒道，忽有一人拦住使者说："今年祖龙死。"说罢，那人就消失了。使者大惊，连夜赶路回朝，向秦始皇禀报了前后经过。始皇沉思半晌，忽然开悟，祖就是始，龙代表皇帝，祖龙死，实际上是暗示始皇将死的隐语，难怪使者要吃惊了，据说拦路留谶的人就是闻名遐迩的上古仙人赤松子。秦始皇深陷在龙椅里，半晌无言，身后的墙壁上悬挂着的帝国疆域图，在烛火中忽明忽暗。在死亡面前，他首次感到无力。于是，他把目光再次投向东方，浩瀚的东海深处有他的最后一线希望。三座仙山在皇帝的梦里浮出九重波涛，突立于眼前，奇花异草在岛上凌空悬浮而生，不着土地便于空中开花结果。始皇正欲向前，却猛然惊醒。醒来后，梦中所见依然历历在目。因此，他坚决相信梦中所见全是真的，梦中的三座仙山在远处召唤他，使他坐卧不安。

始皇三十七年（公元前210年）十月癸丑日，始皇外出巡游。一天，秦始皇梦见和三头六臂的海神交战，堪堪落败之际便惊醒。这回，他请来方士圆梦。方士摆出龟壳推演一番后说："这是恶神，陛下应该亲手除掉它。"于是始皇下令入东海搜捕巨鱼，他亲自带着有机关的弓弩去等候大鱼出来以便射它。射鱼是姒芒氏的古法，保留了原始风貌，秦人因袭。从琅琊至荣成山一带，都没发现大鱼。到达芝罘山的时候，正逢云开日出，始皇与群臣身上披满了白光。这时海波分开，金须金甲的大鱼从水中跃出，在空中摇头摆尾，海上立刻下了一阵裹着腥膻的大雨。秦始皇大怒，取来弓，搭上透甲三棱矢，连发三箭，亲手射杀了这条大鱼。大鱼轰然落进波浪，血流不止，海水皆赤，三个月之后乃退成粉色，沿岸三百里内的地方官员都上报了这一异象。连续出现的怪事令皇帝惊恐不已，随驾东来的群臣窃窃私语，始皇闻知后更为恼怒。之后，归途中的沙丘成为皇帝殒身之地，尔后便是群雄并起的乱世。

面对海洋，束手无策的不仅是百姓，皇帝又能如何？几千年后，始皇早已不在了，皇帝的垂钓之处也模糊不可见，这些可疑的古地名，只存在于野史、传说、笔记和残碑断碣之中。野史、传说多数语焉不详，只能靠推测和论证来支撑。而令皇帝惊畏不已的东海仍在，这就是时间留下来的答案。

列传第四　绳索

二九　止风术

东海边上有一个擅于使用绳结的族群。早在几百年前，他们就在东海上来去如风，以捕鱼为生。他们造船从来不用钉子和卯榫，而是在船板的接缝处穿孔，以绳索捆扎缝合；捕鱼也不用钩，只用绳索套鱼，他们将结好的绳扣抛进海底，待鱼游过，绳套便会自动绞紧，他们因此从无失手。铁器在船上是禁止的，在族人看来，铁器不如绳套方便，使用铁钉和铁钩反而会遭到族人耻笑。

他们的绳索不断从船上飞出，收回来时，每个绳头上都拴着大鱼，水手们忙着给鱼解扣。解扣的工作繁重，鱼是那么多，绳扣的数目和鱼的数目分毫不差，那是惊人的收获。船板被鱼群覆盖，水手往来已无落脚之地，只得踩踏鱼身，许多鱼被踩成肉泥，长年累月地沉积。鱼肉与海泥的混合物渗进了船板的缝隙，他们的船总是密不透水。

飓风来时，族人毫不惊慌，也不躲避。船老大走到船头，大风立刻把他的衣角掀开，他赶紧从腰里拿出绳子，把衣角捆得结实。他抬头望着风来的方向，左手早已打好绳结。飓风来时，直扑船帆。船老大不慌不忙，单等风快要挨到船上了，他手上的绳索才迎着风疾速甩出。这绳索是两股绳子拧起来的，拧得不紧，中间还留有无数孔洞，在风中扔出，可破去风的冲力。船老大一击得手，正中目标，套在了风的脖子上，随后绳扣一松，又滑到风的腰上。大块头的飓风动弹不得，它掉在船板上来回翻滚，把船板上的泥土擦得干干净净，泥土覆盖的船板又露出了木纹。船老大把绳头缠绕在膀臂上，铁青着脸不说话，头上暴起了十几根青筋，突突直跳。几个水手忙过来抱住他的腰，这才帮他稳住身子。这时，风还在船上翻滚，船板缝隙里的鱼鳞也给清理掉了，包括腥味与霉味，也一起带走了，船板为之一新。

船老大收紧绳套，把飓风勒得喘不过气来，借此机会，又把几十个绳套铺天盖地般扔了上去。也不知这些绳套事先藏在何处，也未见船老大的手从何处取来绳套，但见这些绳套无一旁落，只把飓风捆成了粽子。旁边冲过来几个水手，和船老大一起抬起飓风笨重的身子，把它扔下海。

和巨石落水相仿，船尾掀起了滔天巨浪，船身前后摇晃。在飓风落水之处，海面上旋起了巨型的涡流，那是飓风溺水后的垂死挣扎，要不是被捆绑住身子，它旋起的涡流势必会把船吞没。不多时，飓风就旋转着沉到海底，鱼群逃逸，有的受惊蹿出水面，形成难得一见的鱼汛，此时下网，便会有沉甸甸的收获。终于，飓风在深海的岩礁上撞成无数气泡，待它粉身碎骨之后，海面上恢复风平浪静。

船老大手搭凉棚望着身后的水面，气泡上涌所掀起的白浪在身后的海面上格外醒目，他的嘴角露出了笑容。附近的飓风纷纷陨落海底，其他飓风闻讯都绕道而行，来往船只皆受其惠。你知道，这是很多年以前的事情了。

族人中有的做起了专门的驱风买卖。夏日是飓风肆虐的季节，渔人便把他们请来护航，远在内陆的皇帝也听说海上有这样的奇人。皇帝久居宫殿，对奇人异事的需求更甚于金银珠宝，他派出大臣远赴东海寻访。擅使绳结的部族听到风声，便集体涉洋避到海外去了——这样神异的部族，远涉重洋自然不是难事。一路之上，他们捆绑飓风，在他们身后留下一条漫长的无风地带。到最后，谁也不知他们定居在何处，绳索止风之术，就此失传了。

三〇　缩帆结

　　缩帆结用在系帆的缆绳上，这是极易拉开的活扣，便于随时拆解。它在日常使用时牢固无比，再大的风也无法吹动。而这牢不可破的捆缚在拆开时只需扯住预留的绳头，轻轻一拉，即可卸开。两种相悖的秉性完美集于一身。

　　传说最早发明缩帆结的，是四百多年前指挥海战的一位将军。那时的水师在行船中为了牢固起见，系了死结来固定船上物品，遇到急变则需抽刀砍断绳索，俗称"砍绳头"，再次固定时，则换取新绳索重新捆绑，行军过程中会消耗大量绳索——起帆落帆的绳索，弓弩引擎的绳索，捆缚俘虏的绳索，甚至捆绑弹药箱的绳索，都需一一砍断。打结就是绳索走向衰亡的前兆。不多时，专司砍绳头之责的两个士兵

繩索

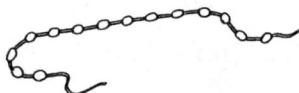

擒刀前来，把绳结围困在中间。他们已经熟练，可以在片刻之间留下满船断绳，绳中粉碎的麻絮飞上他们的鬓边，使这二人看上去极为狼狈，不亚于作战的士兵。到最后，他们能把绳索砍成粉末，海风吹过，绳索便消失得无影无踪。运送绳索的船只源源不断地从港口驶来，这支运绳船队在海上缓缓前行，谁也不会想到，填满船舱的是绳子。齐整的成捆新绳，向着战船的方向靠近，走向覆灭之路。运绳的船队每天往返两次，后来激增到二十次甚至更多，运送船队的规模也一增再增。战船的阵仗行驶在前，后面跟着的是十倍百倍于战船的运绳索的货船。国库的银两源源不断地流向东南沿海，统统换作绳索，又在士兵的刀下变成纷纷扬扬的粉末。

领兵的将军眼见银钱消耗，心中惶惶不安，于是他在现有绳结的基础上做了一系列改进，以节省绳索。他在系绳时别住一段绳头，作为拆解之钥，一抽即解开。他经过反复试验，终于同时做到了牢固和易解，绳索的属性在他手里达到了完美的统一。被砍落的绳索在他的梦里扭曲抽搐着，在船板上翻滚，有的一直滚下船，落到海里。这样的梦长期困扰着他，令他在海上行进的途中不断醒来。将军再次闭上眼睛，巨浪拍打船头，在咚咚的响声中，他睡去，一夜宛如飞在云端。许多年后，他还常常想起这样的夜晚，那是他初出茅庐时的最美好时光。

不久，他就为改进绳索付出了代价。他哪里会想到，令他颇为得意的发明，却险些葬送他的前程，砍断的绳索最终需要他自己来接上。

事情的经过是这样的：因为缩帆结的发明，绳索的损耗微乎其微。将军亲自教会了所有的士兵使用缩帆结，磨出老茧的粗笨手指在绳索间环绕。一根绳索足够长期使用，当初负责砍绳头的两个士兵丢掉了战船上的工作。

那时候将军还年轻，不多久，他就因为罢免士兵的差事而被贬职。后来他才知道，砍绳头的两个士兵背后牵扯着复杂的帝国机器——盘根错节的树根，扎在帝国的原野上，即便碰掉一丝微不足道的气根，也立刻会有树叶落下来砸脑袋，或者落下花白的鸟粪。将军不由得倒吸一口凉气，庞大的帝国之树令他惊异。他在树下走过，必须学会小心翼翼，否则一棵平静的大树立刻会变成狰狞的树妖，将人吞噬。他已被树妖吞下一半，后来的逃脱实属侥幸，绳索事件在以后的几十年宦海生涯里一直警醒着他，让他心有余悸。

只能增加其繁复，丝毫不能折损一枝一叶，包括枝叶上的鸟雀、昆虫甚至尘埃。当他明白这一切的时候，大门再度向他敞开。他后来成了一代名将，功勋铭刻在史册。

当倭寇再次进犯，庙堂众臣一筹莫展，将军终于被重新起用。此后，缩帆结在他的战船上再未出现过。与此同时，砍绳头的士卒由最初的两人扩充为二十四人，并配有一正一副两名军官负责。绳索的消耗迅速超过了士卒、弓箭与火药的消耗，成为海战的最大负担。如果绳索的供应被切断，海上的战船就会不战而败，正如缩帆结轻拉即解的破绽。

不过值得庆幸的是，这位将军因此而获得了朝堂里更多重臣的支持，他的声望在下层士兵和低级军官中也是与日俱增，毕竟有更多的人可以靠砍绳索生活。

后来，缩帆结在水军中销声匿迹，却流传至民间，被穷苦的渔夫长期使用。

三一　架竿结

架竿结用于捆扎竹竿木棍，在海上作业经常会用到。绳索与竹木棍将构成网袖开口、扳罾支架，还会被用于船桅、网竿的加固，这往往是新水手上船后遇到的第一课。熟练使用绳索和竹竿是成为一个优秀水手的必备条件。

渔家子弟在少年时代就受到严格的训练，在自家院子里接受父辈传授的捆扎竹竿的技艺。小院的空间被竹竿切割成了小块，只能侧身通过，这也暗合了今后在狭窄的小船上的行走方式。虽是演习，少年却觉得院子里的地面如海面一样摇晃起来。先将绳索放在十字形摆放的两条竹竿的横竿之下，绳子交叉缠绕在纵竿上，形成上下两个绳圈，然后取下横竿下的一个绳圈，反过来套在十字形竹竿的顶端，将绳结抽紧即成。这样搭成的十字形竹竿牢固，不易滑脱，能经得住海上的大风浪。竹竿可以捆扎成任意形状，以适应船尾和船舷捕鱼的不同需要，绳索的实用性在架竿结这里完美体现出来。

采珠人用竹竿和绳索搭成软梯，由船舷一侧垂进水里，边往下续着梯子边捆扎，梯子触到海底，最上面的一级梯子刚好捆扎完毕，去往海底的通道豁然打开。采珠人闭住气，顺着梯子一直下到海底，采完珍珠，再顺着梯子原路返回。在离开海底的那一刻，他便开始拆卸软梯，解开的绳索都系在腰间，竹竿则任由它们漂上水面，船上有一人负责打捞。采珠人登上船舷，回身解开最后一级梯子与船舷间的绳索。待他跳上船，腰里系着梯子上的所有绳子，嘴里含着明晃晃的骊珠。

有了架竿结，渔夫入海如履平地，海底成了秘密宝藏的地窖，每片珊瑚礁、每座暗礁、每个鳝穴，甚至每丛海藻，都成了渔夫涉足之处。在海底，渔夫脚步轻快，脚下浊浪翻滚，他的身子随时都有漂走的危险。离他不远处，就是竹竿搭成的梯子。渔夫登上梯子的片刻，忽然产生了错觉：这分明是登天的梯，如果天空中有一只悬浮的船，他也可以把竹竿和绳结搭到天上去。他在巨大的喜悦中疾步攀升，竹竿和绳索导引他走向光明之境。

三二 张网结

张网结是与固定渔网的桩橛配套的绳结。木桩橛深入海底泥沙，也有揳入礁岩的铁橛。攀附在桩橛上的张网结，承担着海浪和鱼群的连续拖拽，牢固的张网结能保持渔网的固定，是定置类渔网的关键部位。

张网结的使用，要和桩橛的走势配合。打桩要与海浪拉力的方向相对，朝相反的方向微微倾斜，通常有三重连环扣来锁住。来自各方的拉力都将使绳结越拉越紧，这些潜于水下的陷阱便不会轻易被潮汐冲走，也不会被大鱼连根拔起。

张网结的使用本是无心的发明，它起源于许多年前的一场风暴。在风暴中，大风吹走了海岸上的一切，只剩一个树桩——树冠在风中折断，飞向了天边。树桩上有一条拴狗的绳子，狗已经让风吹跑了。暴风之夜，墙壁抖颤，屋顶瓦片乱飞，人们不敢留在屋里，纷纷躲进地窖，在打开地窖门的刹那，忽然听到狗在天上叫，叫声旋转着越来越远，人们才知道狗被风刮远了，而且还在风中不断翻滚。

第二天，人们发现拴狗的绳子还在树桩上，断掉的反而是狗脖子上套的皮圈。绳套紧紧箍住了树干，深陷进树皮里，这个绳结是狗的主人偶然间打出来的。一场大风，让海边的渔夫见识到了绳扣的牢固。于是，众人都取来绳子，按照树桩上的绳结来打，人人都学会了打这种绳结。后来人们把它移到水下，它成了用于近海张网的固定绳结。据说从此以后再也没有网滑脱，这就是张网结。

如今张大网时，总要在狗的后颈取一撮毛，放在桩橛的尖端，深深搋入泥滩，以求桩橛牢固。走在半岛的渔村，常看见急匆匆跑过的黄狗，它们的后颈无毛，像经火烧后的伤疤。

三三　死结和活结

船上最为常见的绳扣有两种：死结和活结。

死结是海上作业的得力助手，它出现在船上不易觉察的细部：鼓胀的篷帆、吊橹的缆绳、鱼桶的提线，处处都是死结显神通之地。死结把牢固的准则发挥到无以复加的地步。在东海的一条渔船上，我见过一只鱼桶，桶的提线上系了几十个死结，同行诸友看后不觉失笑，渴望提线永固的心愿，变成一个个可见的死结。这些死结固然坚固，用久之后，提线往往在手提处磨断，而在摘除残线时又不得不动用剪刀，反为所累。活结是在死结中加入一根活丝，与死结相比，它更灵活，也更实用，却因为可解易解而令人心存疑忌。

死结和活结都是工具，却有着不同的命运。前者闲坐无事，窃据要害之地；后者忙碌不休，四处奔走。船上的空间里，死结和活结出场，在晨昏光线不明的时刻，渔夫走上船头，绳结在他手上一个个生出，宛如原上初生的野花，花瓣是由单线勾勒而成的瓣状，这样的花开遍船舱，随后蔓延到船板和船桅。那时你才相信，绳结是植物，它是植物麻絮所制，有着植物的习性。望着多瓣的绳索之花凌空开放，站在船头的渔夫开始想念陆地上的生活了。

死结虽则笨拙，地位却永保牢固，直到整条绳子被磨穿时才会遭遇刀斧，而整条绳子磨穿的过程何其漫长，在此期间，活结已拆解了何止千万次。两种绳结的命运截然相悖，麻绳作坊里，桐油凝成了板房里块状的空气，黄灿灿的新绳盘在柜台。沉默的蛇阵，仿佛随时都会跃起，进入各自的命运。

三四　海盗的绳结（一）

海盗船劫走了他整整一船的银鱼，连同他的木船。你知道，这是很多年以前的事情了。

他大腿上中了一标枪，落水逃走。他用海草系住大腿根部，防止流血过多。不过，他并没有走远，而是潜在水底，拽住船舷上垂下的一条缆绳，随着船缓缓前进。海盗们见他跳水，并没有来追赶。这是小股的海盗，船上只有四五个人，专干些抢渔船的勾当。

那天夜里是满月，成群的乌贼游到水面，散发着蓝光，不少乌贼撞到了船板上，砰砰作响，也有不少撞到他身上。他在水中睁开眼朝上看，只见乌贼密布，遮住了视线。一只乌贼经过他面前，鼓出的眼珠瞪了他一眼，然后喷出水柱，靠反作用力飞远了。水柱撞在他脸上，居然比海水凉很多，他微微打了个冷战。他暗想，该上去了。于是，他拽紧缆绳，双手倒换着朝前移动。终于，他双手搭住了船舷，猛一起身，双脚在空中荡了一个圈，稳稳落在船板上，小船晃动，险些翻掉。

几个站着的海盗站立不稳，坐在了船板上。海盗头目坐在木椅子上，只是稍微晃了晃，很快就稳住了身子，椅子的两条后腿重重敲在船板上，海盗头目脸色有些难看。

他的要求很简单，要回自己的船和满船的鱼。海盗头目没有表态，而是拿起靠背上的一段麻绳说，听说你是这一带最勇敢的渔夫，你敢来我的船上，我敬佩你的胆量，我结三个绳结，都是航海常用到的绳结，你能照样结出来，就还你，结不出来，你和鱼一起留下。

说着，海盗头目站起身，从腰里抽出一股麻绳，左手执绳，右手手腕翻花，便结出了第一个绳结。这个绳结看上去平平无奇，是船上系帆的常用结，只不过海盗头目手法奇快，故意干扰他的视线，旨在以快取胜。所幸他从小就在船上，对这个绳扣再熟悉不过，闭着眼就结出了一模一样的。

海盗原先也是捕鱼人，自恃捕鱼之术高人一筹，本想让眼前这个渔夫心服口服，于是抖开绳结，又结出了第二个。渔夫看了看，是船靠岸时用到的系缆绳的结，这种结越拽越紧，所以再大的风浪也不会把系船的缆绳荡开。常年使用的铁桩上会见到缆绳勒出的深槽，就是这种绳结的功劳。

渔夫于是又照样结出了第二个。

满船的海盗都站起来，攥紧了鱼叉的木质把柄。站在最后的一个小胡子海盗悄悄掣出雪白的短刀，刀锋的颤音如嗡嗡蜂鸣，经久不散，寒光瞬间照亮了他短发与眉头间狭窄的前额。船上的空气一触即燃，海盗头目向后挥了挥手，把那一丛炽热的头颅挡了回去。

最后一个绳结是决定成败的，万万不能大意。于是，那个古老的绳结瞬间在海盗脑海中生出来，浑圆的绳扣外缘正如雨后的森林里绽出的一朵毒蘑菇，异型的斑点闪着诡异的光泽，伴着雨后青草泥土的气息。想到这里，海盗手上的关节无不舒泰，十指随风摆动，如深海里绽放的水母，柔若无骨，一个绳结已经结成。据说这个绳结并无交接之处，却有捆缚之力，可以自动寻找目标并勒紧。它因为简单到了极点才至于难结到了极点，是海上绳结中的神品，平时难得一见，没想到海盗头目居然会打出这样的绳结。

渔夫看了不解，海盗把绳扣扔进海里，又顺手带出来，绳扣上赫然捆绑着一尾活蹦乱跳的偏口鱼。渔夫大吃一惊，这难道就是传说中的捆鱼结？这个绳结前所未见，只是听老人们说起过，捆鱼结早就失传多年，据说世上无人会打，没想到这个貌不惊人的海盗头目，居然有捆鱼结的绝技。渔夫接绳在手，不禁犯了难：这个绳结指法繁复万端，而且不落痕迹，还有捆鱼的神效，真是匪夷所思；而且海盗打绳结时手法极快，渔夫知道，海盗的手指动了，而且动了不止一下，但他的手指动得迅疾，稍动之后，又恢复原样，以至于看上去他好像并没有动。海盗望着渔夫，渔夫擎着绳子，麻绳搭在手心，朝下垂去，一直垂到船板，绳子压在手上，好似千斤重，渔夫低头不说话了。

海盗头目见渔夫犯难，不由得面露喜色，但并不催促，这时他反倒有了足够的耐心。他站起身，在船板上走来走去，仿佛胜券在握，只等渔夫扔开绳子认输。几个喽啰也喜形于色，纷纷露出耀眼的白牙，与饱受日晒的漆黑面皮形成巨大反差。这几块闪耀的白，搅得渔夫心乱如麻。他连忙低头避开，低头的瞬间，竟然看到船舷右侧的水下有一片亮光，一双纤纤玉手在亮光中现形。那双手正在摆弄一根红丝带，十根手指悄无声息地打出了那个绳结，他下意识跟着做起来，那个绳结终于在他手上出现了。他也照样把绳结扔进海里，紧接着，攥着绳头的右手就感到了一阵剧烈的抖颤，他腕上用力，也拽出了一尾偏口鱼。

海盗头目并没有食言，他觉得渔夫身上有不可思议的力量，于是渔夫顺利要回了自己的船和鱼，安全回了家。

第二天，渔夫心里惦念着水下的那片亮光，于是又驾船来到那片海域。他下水打捞，得到一枚古镜。古镜里显出一双手的影像，正在不紧不慢地系着捆鱼结，绳结打好后又拆开，循环往复，永无止歇。他看了半天，不由得对镜中之像产生了深深的恐惧，一个绳扣无止歇的演示过程超出了心理承受的极限。他把古镜扔进海里，古镜在海面上漂出很远才沉没，仿佛一个喋喋不休的演说者在被赶下台前的最后挣扎。

再后来，渔夫老去，这个绳结就失传了，只留下一个关于绳结的故事。

三五　海盗的绳结（二）

　　那时的海上，绳结是致命的武器，或许现在还是，它埋伏在每个人的背后，总会在你毫无防备的时刻冷不丁冒出来。那些年，腰里掖着一团绳子，不亚于藏着一把匕首。越勒越紧的绳结带来的是窒息，只有几个常年出远海的人会打这种绳结，父亲也算一个，他是跟六爷学会的。

　　父亲还不到十八岁就来到海上，在六爷的船上当学徒，整天在船头忙得团团转。六爷鱼鹰一样的眼睛光芒四射，不住地扫来扫去。在他密集的视线里，一粒灰尘也逃不脱。得暇时，他招手唤过父亲，从船板上揪起一截绳子，默不作声地打出了那个古老的绳结。蓦地起了疾风，船舷上停着的几只水鸟怪叫几声，扎进海里不见了，四下一片沉寂。

六爷进舱了，父亲捧着绳结端详：它由两个环形叠加而成，每个环形的一侧都引出两条绳头，四条绳头分别往两边拽，两个环形的绳套就会收缩，越拽越紧。父亲看了几遍，暗暗记在心里。之后的几年里，六爷再也没有提起绳结的事情。没有人知道绳结的用途，父亲用它来捆网上的标杆。歇海时，标杆被捆在一起，胡乱扔在潮湿的舱里。

六爷年轻时做过海盗，父亲一想起海盗，就不敢在六爷面前提绳结的事情了。

兴许，那是勒人的绳结。父亲拍着胸脯说。

我和几个堂兄弟坐在炕沿上，鞋子齐刷刷垂下来，听完了父亲的话，更是大气不敢出。

父亲掀开炕席，拽出了绳子，说：来，我教给你们。

他的手上下翻飞，手指扇起一股风，把前额的头发吹起来。几个堂兄弟望着父亲的头发，吃惊得说不出话来。我死死盯着他的手，眼睛也没有眨一下。他刚停下，我接过绳子把结抖开，照着父亲的样子，做了一个一模一样的。父亲忽地直起腰来，面色沉重。

你会是一个很好的水手，父亲说。

我抓着那个绳结，在手心里捏了又捏，直到捏成了球。

天晚了，堂兄弟们都散去了，我还攥着一把绳子不放。

母亲让我把窗帘拉上，我一伸手，绳子脱了手，像只老鼠一样敏捷。我趴在炕沿往下看，灯光照不到炕基之下这片长条的地带，绳子的去向在这里变得暧昧不清。

黑灯瞎火的，明天白天再找吧。母亲劝我说。

这一夜，我翻来覆去，想着绳结，总也睡不踏实。好不容易挨到了早上，天光大亮，可还是没有找到绳结，炕沿下空空荡荡，它究竟去了哪里？

我路过六爷门前，漆黑的木门半掩着。我靠上去，从门缝往里看。六爷的头发快秃没了，紫色的秃肉球顶着一圈白发茬来回晃动。他手里拿着一条长绳，把窗台上摆着的半干的鲅鱼拿过来，隔一段拴一个，挂了一排。六爷踩着长条凳子，颤巍巍地把它们挂在屋檐下，这些鲅鱼顿时隐入檐下的黑暗中。我禁不住想，六爷老了，等他走了，真正的绳结再也不会有了。

　　　　　　　　　　　　　　　　渔具列传

三六　渔人结

渔人结是连接两条绳索的常用结。将两条绳索各自通过单结绑到另一绳子上，互相捆绑，最后将两条绳子用力向两边拉即可，这时会发现越拉越紧，两截短绳瞬间便可接续成一条长绳。

在贫困的岁月里，长绳难觅，渔人结便迅速传播开来，不论三岁孩童还是八旬老叟，都能心不在焉地打出牢靠的渔人结。即便在黑如锅底的海上之夜，渔人结的生成只需动动手指，无须直视，渔人在黑暗中自有一双眼睛。

接钓线时，海风中的半透明钓线，在拇指和食指之间剧烈摇摆，仿佛要躲避被束缚的命运。这时中指急出，压在线上，海风便失去了威力，再大的风也难以吹开中指。钓线在指缝间呈现出皮肤的粉色，一时间接近于无形，每个在风中甩线的钓客都会有同样的错觉。这时要双手齐发，分别攥住一个绳头，拇指和食指导出线头，令两绳前端交叠，迅速在对方身上各绕一个圈，中指急退，留下浑圆的线圈，把线头别进去。做这一切不需要低头，甚至拢在袖里便能完成。对一系列复杂的方位关系的了解，只有在夜以继日的海上劳作中才能形成，教条是徒劳无益的，这也是我时常怀念海上生活的原因——它直奔主题，手与心合一。

双结拉紧，两条钓线合为一体，岩礁上的垂钓从容不迫。借助渔人结的衔接之术，钓钩一步步逼近了水底游鱼，只要指尖足够灵巧，片刻之间就能得到鱼。岩礁下的游鱼正恶狠狠地瞪着你上下翻飞的手指，似乎要把眼眶瞪裂，而你对此无动于衷。你知道，这是很多年以前的事情了。

补记一

绳索文献举隅

南宋军事家华岳在《翠微先生北征录》中列出了三十九件水寨器具，从中可以看到诸多绳具和索具的踪迹：

伏牛，豁水，游丝钩，水毛猬，浮钩，暗楗，拍水，独面暗棒，沙针，绵穰，撞竿，撞筏，截汉，鸡距，稻杆，斜桩，自凿，拒板，虚木，乱线，双头筌，钉底，担车，碍父，鬼钻，八角茴香，聚钩，网索，篾锥，水蒺藜，鬼连环，火牌，锤锥，藤蔓，阑河，冲天水，金网筌，神系，四索番车。

以上是三十九件水寨器具的详目。《翠微先生北征录》

力倡因地制宜，建议朝廷招揽啸聚一方的江湖豪杰，抵御南侵的金军，所列举的器械在水战中必不可少。据传《翠微先生北征录》后原附有图轴，只是后来失传了，殊为可惜。仅就绳索而言，从字面看就有"乱线""网索""神系"等多种，或为防御工事，布置方式及编织手法已经失传，只能从字面去推测。可以想见，在南宋时就有一系列完备的水上攻伐器械，名目之繁多令人瞠目。华岳所列三十九件，是择其要者而录，在实战中的器械则远不止三十九件。从"鬼钻""鬼连环""水蒺藜""水毛猬"等诡异的名号中，又约略可知这些器械的实战效力之威；而"撞筏""游丝钩""四索番车"等名号中又暗含着不同绳结的妙用，如拴钩结、架竿结、连环结等，演练布置最费人力，须由专人统领器械，并负责传授相关技艺。他们临水捆缚竹竿、缠绕挠钩的场面隐在历史的角落，不为人所知，即便在当时，也属军事机密，鲜有人涉足，而在场者多为赳赳武夫，故而没有详细记录。

近代以降，火器大行于世，火枪和水雷取代了水上钩刺一类的器械，而绳索却一直未被取代。绳索是捆缚俘虏的传统器械，在军事上有着悠久的传统。还有什么比手脚酸麻更具挫败感？近查民国政府农商部颁行的《渔轮护洋缉盗奖励条例》（参见本书附录二），足见近代海上之盗风炽烈，见"渔猎员奖励"条下有二：

一　船主船员缉获海盗在一名上者。
二　船主船员因捕盗而死亡或负伤者。

该条例是张謇在农商总长及全国水利局总裁任上主持制定颁行的，后附细则中更有"每获一盗……船员全体共奖银币五十元"等条目，可见近代海盗之猖獗，立法行赏已成常态，以至专设了《渔轮护洋缉盗奖励条例》，内中既有缉盗的奖赏细则，又有缉盗过程中受伤甚或致死的抚恤细则。

不被盗所缚，便是缚盗来取赏，成为沿海渔夫的生活规律。绳索在盗与民之间的互斗中占据了首要位置，渔夫和海盗常把麻绳挂在腰间，以此互搏，各有胜败，不过多数时候是手持利刃的海盗占据优势。在我们家族的久远记忆里，常有阖族被捆缚上海盗船的情节，甚至没被海盗的麻绳捆过手脚的都不算正经渔夫，这竟也成了值得炫耀的资本。

补记二
海上常用绳结

　　渔夫在海上作业，在长期的劳作中积累了各种绳结打法，应用于渔业生产。《半岛绳结图要》中列举渔用绳结三百多种，名目繁多，常见的绳结都有详解，并附有线稿插图，余者仅为存目而已。绳结在海上的困顿岁月中失传了，只留下抽象的名词，就像那些曾经显赫一时的人物，而今只留下几行名姓，已无人记得。

　　在文字历史以前的结绳记事时代，历史或许会是一串暧昧不清的绳结，蜷曲着做出各种高难度的回旋，古老的表达欲望在绳结间穿梭。可惜的是，读到绳结的人却是隔代之客，他们面对乱麻似的绳索一头雾水。我们正在使用或曾经使用的绳结，有可能是古时刀笔吏的"勋业"，无意中混进了渔船，雄踞桅上，在海风中自说自话。渔业所用的绳结，用在停泊系缆、网具扎制、篷帆升降、工具加固等生产操作中。今抄录《半岛绳结图要》之常用绳结细目于下：

缩帆结，海盗结，弓班结，架竿结，张网结，防风结，拧鱼结，系船结，麻花结，渔人结，船头结，船尾结，牵引结，平结，双结，称人结，双套结，半扣结，双滑结，单滑结，子母结，系泊结，外肉皮结，碰头结，置肉皮结，打骨结，升帆结，织篾结，鱼绳结，撩后结，挂卜结，边结，抽股结，破股结，合股结，活结，死结，牛桩结，碍手结，牛头结，牛尾结，牛角结，牛鼻结，牵牛结，恨天结，弓背结，抽筋结，飞艟结，回舵结，收纲结，蒺藜结，百汇结，纳首结，衔饵结，罩子结，蟹螯结，锁蟹结，大缆结，续缆结，旋子结，抬秤结，钩丝结，系筏结，小缆结，曳橹结，绊脚结，垂丝结，敞篷结，葫芦结，筦篱结，腰结，手结，勒口结，连网结，袖管结，靴口结，三股结，五花结，五星结，八角结，八字结，平字结，十字结，万字结，九宫结，干鱼结，花鱼结，提鱼结，毂辘结，卤水结，盐场结，蚱蜢结，插花结，并蒂结，拴马结，拷马结，龟背结，老头结，猫儿结，金鸡结，兜底结，仙人不留结，油瓶结，长腿结，舷挂结，大旗结，浮子结，短提结，直木结，摩天结，串花结，韦陀结，扁担结，网坠结，鱼篓结，骑墙结，帱结，狗嘴结，江山结，虎尾结，流星结，肩胛结，押尾结，下挫结，草鞋结，长柄结，山鸦翅膀结，百米结，门边结，箩筐结，窟窿结，盲人结，铁钩结，飞踢结，反钓鱼结，反斗星结，桩橛结，连锁结，软猬结，环形结，破冰结，钓鲸结，王八结，外径结，龙王结，螺纹结，良人结，窗帘结，拉车结，金创结，沉泥结，箍桶结，缉盗结，翻车结，棒槌结，棒棒结，滚地结，起落结，回风结，跳板结，五更结，黏糊结，牙关结，猪囊结，潜水结，鲛人结，搅拌结，藏头结，艨艟结，猢狲捧结，背老婆结，拧轱辘结，泥溜子结，旱腿子结，老菱卜结，大鼻子结，开山刀结，牛筋底结，冰碴子结，山羊胡子结，拉手网结，干瞪眼结，狗脖子结，鸡蛋结，扳杠子结，骨朵结，秃噜结，鸡毛结，扫地结，蒙眼结，净水结，放炮结，续航结，续命结，添薪结，抽棒结，虎人结，年月结，登桅结，锁头结，个号结，鲆鱼结，鲳鱼结，杂役结，腊肉结，盘子结，夜壶结，箍帽结，老么结，蛙跳结，玉珠结，卜风结，卜雨结，高床结，卧铺结，吊床结，灰丝结，芒种结，金枪结，叠加结，脚踝结，布袋结，刺猬儿结，软膛结，昂首结，网梭结，五日结，耳力结，耳勺结，上槛结，上户结，软梯结，懒汉结，瑞云结，太平结，铜皮结，菩萨结，平山结，闪电结，手动结，东风结，兜风结，油头结，丫鬟结，骷髅结，路桥结，斜汉子结，分水结，分隔结，扁担结，鳖肉结，铲子结，处女结，侧门结，草蜢结，秽物结，弓弦结，铁牛结，阀盖结，缝合结，飞蝗结，大斧结，南渡结，东渡结，抗力结，漏网结，榔头结，开窍结，立身结，扳网结，褡裢结，蛏子酱结，豆腐结，枯水结，猝倒结，盍头结，狐兔结，三生结，安澜结，贝罗结，小人结，海鸥结，飞鸪结，谷口结，坡起结，衬砌结，十分结，千年结，擂鼓结，翰林结，夫子结，连镖结，鱼叉结，赫连结，鹁鸪结，帽儿结，伺候结，泥鬼子结，见螺结，交子结，两张结，宽窄结，防震结，锥形结，滚珠结，双船结，马弁结，信号结，仙人脱袜结，船橹结，兜绳结，船缆结，货运结，穿股结，橹带辫，琵琶兜，横担结，逃跳板结，撩板结，舢板独结，单垫头结，水桶甩，车棚绳结，和把结，磨盘结，糖瓶结，咸菜绞头结，尼头结，穿扁结，油绳结，毛筒结，四爪头结，五爪头结，挽弹结，拖撑结，卖老婆结，金旗结。

绳结名目繁多，称谓则雅俗并存，既有蟹螯结、曳橹结、艨艟结、南渡结等文言式的"雅语"，又有猢狲捧结、背老婆结、老菱卜结、大鼻子结、扳杠子结等俚语式的诙谐称谓，可见绳结来路驳杂，内中所承载的信息量早已超出绳结本身，每个名词下都杂糅着该绳结的用途、手法及形象转喻。这些信息多已流失，绳结复归于抽象图案，绳结的称谓与图案之间的对应关系令人无所适从。毕竟名与实的高度切合关系只存在于想象中，后来名与实完全分离——正如我所见到的东海渔夫，他们在船舷上来回走动，需要绳结时随手结出，毫不考虑这些字面上的名堂，却能直抵问题的核心，并使绳结立生效验。在他们身上，关于绳结的记忆系统只是一系列指法和线圈的相对位置，形形色色的关于绳结的名词尽数无用。渔夫的绳结术令我们羞愧难当，在我离开半岛以后，再也没有见到这样手与心高度合一的人了。自从我们远离手艺、远离渔猎时代开始，虚妄的名词就取代了一切。

列传第五　笼壶

三七 蟹笼简史

蟹笼是网罟的变种，是一种更加精巧的诱捕用具。钢筋的骨架撑起了柔弱的渔网。蟹笼沉入水底，渔人离开。在他目力所及的整片海域内，有数不清的蟹在横行，密密麻麻的蟹壳上，似乎都覆满了他的掌印，那些蟹也必将属于他。

蟹笼多数是随意而造，以造笼者自己的喜好为准，方圆不等，大小不一，通常作为家传的样式传给子孙。后来者贪心不足，便不断扩大其容量，经几代人的不断改进，蟹笼一度成为最庞大的渔具，起笼时三四十人同时用力搅动绳索，才能把这庞然大物拽出水面。蟹笼出水时海面撕裂，笼里掉下的海水哗哗响过之后，露出的是蟹群在笼中拼刺的场面，巨螯折断，汁液迸溅，从蟹笼底部纷纷如雹霰落下。

蟹籠

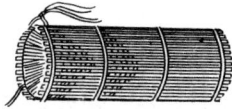

到后来，蟹笼越做越大，一条大船只能装载两三个蟹笼。蟹笼一沉入海中，海面立刻上升，我们脚底踩着的船板随即隆起。而到了拔起蟹笼时，水面下落，我们的船也随之坠到谷底。蟹笼中心放置鱼肠，那是诱蟹的良饵，蟹们纷纷钻进蟹笼，殊不知进来容易出去难，进来时是喇叭阔口的陷阱，出去时却被卡住，求生无门。

长年不停歇的蟹笼捕捞，让蟹族日渐聪敏。提起蟹笼来，有时居然是空的，只得再把蟹笼扔回海里。

这时药笼便出现了。

在半岛的东海岸，悬崖峭壁直立，崖头长满了小叶紫花的野草。有蟹攀岩而上，巨钳夹住叶子便吃，更多的蟹没有爬上来，中途掉回海里。悬崖上缀满了蟹，应该都是冲着这野草来的，这草便被称为蟹药草。于是渔夫中就有猛士攀上山崖，采了一筐下来备用，从中取一把捣碎，拿细网包成一团，放到蟹笼里，居然连连满载而归。蟹药草有腐臭之气，正是蟹类所喜。在蟹类日益珍贵的年代，崖顶的野草因此被渔夫挖尽。过了不久，蟹药草的种子在草筐底发了芽，植草的人应运而生。捕蟹的渔家都在自家院子里种满了蟹药草，互相引种，尖瓣的紫花瞬间开遍了半岛的大小庭院。过膝的荒草，紫气闪烁的黄昏，成为渔家生活的早年记忆。蟹笼出水，里面都盛满了蟹，还有不少蟹挂在蟹笼外壁，不肯松开巨钳。

终于有一天，岛上发生了大规模的蟹族入侵。它们来自潮间带，无一例外地举着双钳，从门下空隙进入庭院，吃尽了院中种植的药草，随后一哄而散。第二天早上，人们醒来，看到凌乱的蟹腿布满了大街小巷，多数蟹腿还在动，在初降的晨光里痉挛不止，那是蟹群在夜里成群结队赶来时，因踩踏而受伤脱落的腿。人们把蟹腿搜集到一处，堆得像粮仓一样高，岛上居民分食了蟹腿，吃不完的晒成蟹腿干。蟹腿风干开裂后，剩下一束束的细肉丝，是难得的美味。

经此一役，蟹药草被蟹族连根刨起，啃噬一空，连种子也没留下，蟹笼捕蟹又陷入低谷，后来又有了三十六面的蟹笼。

蟹笼的复杂化，体现在棱角和面的不断增加，三十六面的蟹笼能出现，也就不足为怪了。这种蟹笼的陷阱口也有三十六个。在梭子蟹集体出动的九月之夜，载着蟹笼的小船就在这时划进了满月里，无所依傍。划船者只顾埋头往前划，才能走出黑暗。三十六面的蟹笼落水，瞬间沉没，常常会有三十六只蟹在蟹笼的三十六个出口同时失足坠落，腹甲撞击之声，在船上就能听到。若在捕蟹船上听见水底传来瓷器碰撞似的声音，满船人都会喜形于色。众蟹在笼子中心短兵相接，带着蟹笼在泥滩里翻滚，海湾里生出一团团浊浪，漩涡和暗流遍布海湾，在月下的水面上旋出颗颗金轮。

我们曾有过难得一见的丰饶之年，蟹腿在饭桌上充当牙签，剔完牙就插进木制的窗台上，留待以后随手取用。蟹壳做过咸菜碟和调料缸，里面塞满了咸菜、蜢酱和各种香辛作料。蟹螯也成了叉子，可以轻松叉起盘中食物，配合筷子使用。蟹在这里成了赖以度日的粮食，人们的饱嗝里掺杂着蟹黄的油腻，热烘烘的浊气拒人于千里之外。每家的院门前都有蟹壳堆积过膝，众多蟹壳在起风的夜里轰然倒塌，蟹壳触地的哗哗声响接连不断，其间还夹杂着犬吠，这些构成了渔村夜晚的基本形态。蟹壳在院门外堆积如山，雨水敲击蟹壳，如鼓点般急促。在午后的大雨中，不妨靠在枕上听，不同质地的蟹壳，会发出不同的声响。我在驳杂的雨声中仔细听，愈发感到蟹壳绵延无尽，如恒河沙数。蟹壳之丘在雨中轰然塌陷，我们躲在屋里，却已听到了门外的巨变，有的蟹壳在积水中漂走，也有的沉没，被泥土覆盖。它们来自泥水，终于又回到泥水。

在以后的漫长岁月里，蟹族一蹶不振，我们再也没有见到像样的蟹壳丘。夜晚也变得悄无声响，在雨季里，雨水也能直接拍到地上，再也没有薄脆的蟹壳来承接雨滴。这样的夜晚，我们都默不作声了。蟹笼还挂在南墙上，属于它的时代早已远去。

三八　风螺壳

在半岛渔村，有不少"关上门自己过"的人，别家看不过去，就会过来好言劝告。常用的劝喻之词，无非是让闭门过日子的人到各处走走，多结交些朋友，而这样的劝告多以失败告终。因为那些"关上门自己过"的人总会笑着说，到各家去走走，还不如上街捡个风螺壳呢。说到这里，好心的劝告者们——或可称之为无所事事的串门客们——就会惭愧而退，再也不敢登门做说客。

这里说到的风螺，是一种拳头大的海螺。风螺壳的走俏，源于海上捕章鱼船队的畸形扩张。章鱼又称为蛸，因其八足，又称八足蛸。它浑身无骨，却能吃掉全副武装的螃蟹。章鱼沉到海底，把长脚悄悄伸近螃蟹进行引诱。螃蟹见

章魚罐

到嫩肉，自然不会轻易放过，便上前来吞章鱼的长脚。待螃蟹把长脚慢慢吞进肚里时，章鱼却突然发力，猛地一抽，便把蟹的肚肠拉出体外，有时连蟹壳也能掀掉。蟹受此重伤，就僵伏不动了，章鱼便抱住这丰厚的战利品饱餐一顿。

渔夫们通过长期摸索，发现章鱼生活习性特异，很喜欢钻进海螺的空壳里躲起来。又有渔夫偶然在空螺壳中窥见章鱼的身影，于是想出了用空螺壳诱捕章鱼的方法，可谓坐享其成的简易之法，全然不费人力，不费饵料。这样的猎章之法深受渔人喜爱，迅速风靡半岛。风螺壳的走俏，也就理所当然了。

风螺壳在半岛海域是捕捉章鱼的利器，渔夫趋之若鹜，渔妇及子弟也见螺眼红，寸螺必争。凡螺壳有成人拳头大，壳的内壁保持原色没有损伤者，皆在收购之列。在壳上钻一孔，把绳子系于主纲之上，然后沉到海里。当天夜里下螺壳，次日早上提起，螺壳往往被章鱼肥硕的白肉所塞满，在青黑螺壳的映衬下格外显眼。渔夫持特制的铁钩把章鱼钩出来，章鱼一番挣扎过后，螺壳内壁上还残存着其腿上的吸盘。

拳头大的螺壳常现于近海浅滩、海货市场和渔村街头。

出现在渔村街头的螺壳，是渔家多年前食用海螺后随手丢弃的，那时捕章鱼之法尚未普及，螺壳便沦落道边，与砂土石块为伍。许多年后，街道上才有孩子低头寻觅螺壳，作为零花钱的来源。上街捡风螺壳，说的就是渔民持家的道理——自给自足，饱食后不乱串门，足以戒是非，即便是捡拾风螺壳这样的微利，也胜于游手好闲。这是有定力、有主见的渔人的回答，难怪那些好心的劝告者要羞愧而退。

可惜的是，那些羞愧而退的劝告者自来是不肯认错的，辗转一夜，由愧而生恨，于是满村散布谣言，说"关上门自己过"的人着眼于蝇头小利，是势利小人云云。是非的转换在渔村如此简易，就像一枚铜币的正反面，任人摆布。在渔村想关上门自己过也不是那么容易的，总有人找上门来，以正义的名义，高举着大纛，做些世俗意义上的说教，自觉充当着渔村卫道士。我离开渔村以后，还是会遇到这种自动上门的规劝者，这等人物像石子一样堆满了土路，随时硌在脚底。

许多年后，我又回到了这里。当我再次站在渔村的长街上，不禁又想起当年那些低头寻找螺壳的人——寻螺壳的队伍中老幼皆有，他们在晚饭前后出现在街上，共同的姿势是背着手从街头走向街尾，貌似散步，却时刻留意着地面。不多时，海平面出现在街的尽头，仿佛长街就是直插进海里的一小块陆地。长街尽处，是海螺壳的故里。海滩上布满了凝望的目光，砂石土块的方位都印在寻螺者的心上。在不远处的海底，那些风螺是否会因此而感到隐隐的不安？

海底的风螺探斧足弓身前进。螺与寻螺者的姿态何其相似，但螺或许不会知道，来自另一世界的侵略正在紧张进行，寻螺者也不会知道，海底的活螺正在戏仿他们弓身缓步前行的姿态，无意中构成了反讽的镜像。这意味深长的一幕，恰巧被一位正在拾螺壳的少年看到，他不由得放慢脚步，开始了漫长而又痛苦的思索。这种习惯必将伴随他一生，任凭岁月流转，也不会有丝毫改变。

少年时代的寻螺经历使他学会了往下看。往下看，既有螺壳的收获，又能躲避沟坎、远离水井，这是寻螺壳给他的经验。

街角的平房里响起手摇钻的吱呀声，那是在螺壳上钻孔的作坊。几个工人身后堆着半屋子螺壳，手钻摇动，钻头在螺壳上拱出了黄豆大小的圆孔，螺粉簌簌落下，像一场大雪覆盖了地面。

在众多寻螺者的身影当中，这个穿蓝条纹毛衣的少年赫然出现在我的眼底，再也没有离开。他从渔村的院落里一路走出来，不断低头寻找。这时，他两只手里已经分别攥着两个螺壳，硕大的螺壳。他的小手难以把持，两个螺壳险些从他的手心逃逸，他只得把手心朝上，托着螺壳行走。在前行的道路上，他轻轻纵身跃过了路边的一丛杂草。他身上蓝条纹的毛衣似曾相识。他在正午的大街上显得格外孤单。那个少年难道是我吗？

我在秋日里捡拾螺壳的大军中恍惚看到了自己，蓝条纹的毛衣与海的背景混为一体，记忆最终在海天交接处复归于混沌。

三九　柳条鱼篓

　　柳树生在渔村外的空地上，它们垂下的枝叶触到了地面。每当有风吹过，柳条一齐摇摆，沙沙的响声是叶片在相互碰撞挤压。它们大踏步向前走着，把土路远远甩在身后，有时候是土路在自行倒退。往来的行人走到这里，手搭凉棚望着柳树的阵列，心里都会发出一声轻叹。

　　七月里，卖鱼的小贩们贪恋柳树底下的阴凉，在这里摆开摊位。阳光穿过树叶间的空隙照下来，在臂膀上灼得微微生疼，满地金光闪闪。好在树荫下还有凉风，能把这灼痛稍稍吹散些。小贩的担子卸下，两只柳条鱼篓摆在地上，篓中的鱼流泻银光，真如白铁锻造的一般。一个穿红褂的女人路过摊前，几步跨了过去，她转头望见了鱼，便又折了回

篾魚

来。她蹲在地上挑拣，每条鱼都用纤纤玉指捏一遍，最后终于挑中了两条梭鱼。小贩心里不快但又不敢吱声，只盼她快点挑完。好不容易盼到了，小贩转过身吐吐舌头，恰好被我看见。他顺手在身旁揪了两根柳条，柳树的一个枝丫跟着摇晃起来，有树叶落下，叶片旋转着落地，他挥着胳膊驱赶树叶，怕它们落进鱼篓里。他把柳梢头朝上，右手往下一捋，柳叶落地，叶柄的脆响连成一片，顷刻间绿汁喷溅，涂满了手掌，他也毫不在意。他手里只剩下光溜溜的柳条，黄褐色的弓形不住抖颤着。他拈起柳条的根部，这里有一处略近于球形的疙瘩，本是连接主干之处，现在却成了利器。小贩将柳条直穿过鱼鳃，又从鱼嘴中穿出，如此往复，把两条梭鱼系在了一处，鱼嘴指着天，鱼尾垂地。

女人提着鱼走了，她两根手指勾在柳环上，任凭鱼来回摇摆。柳环不断变换着形状，时而是圆，时而紧绷成直线。她带走鱼的同时，把柳条也带走了，满街浓荫还在晃动着，好像在追赶她。

柳树如果不是生在半岛，就不会和海里的梭鱼相遇。这里的柳条不知穿过了多少鱼的鳃，柳条结成的绳扣，绕在主妇们的手指上，鱼在底下晃荡着，成为渔村一景。主妇们心里想着午饭，心情大为舒畅。她们已经习惯了柳条的柔韧与滑腻，用完的柳条扔在灶台下，锅盖流下的蒸汽恰恰滴在柳条上，直到打扫锅灶时，才发现柳条居然还绿着，有的地方还发出了新叶，有的埋在煤灰里，居然生出了细根。小贩们用的柳条鱼篓又何尝不是呢？鱼篓也是柳条编织的，为了防止渗水，里面铺了一层油纸。柳条鱼篓总是湿漉漉的，在海水的浸泡下，居然也保持着绿色。那是新编制的柳条鱼篓，篓上那些柳条还是活着的。

柳絮起时，空中飞起白烟，人们出门时，被柳絮迷了眼，有人干脆就戴上墨镜和口罩。柳絮最热闹时，人们的衣服也沾满了白絮，尤其是穿黑毛衣的女人，最让她们恼火的就是柳絮。柳絮落在身上，绽放出一朵朵白花，拍打几下，柳絮却又碎成无数小块，丝丝缕缕缠绕在身上，和衣服的纤维搅在一起，除了一根根细择下来，别无他法。许多夜晚，女人们坐在灯前，手里拿着钢针，一根根挑着柳絮，每挑出一根就掷进身边的一碗水里，使它们不再乱飞。一晚上的时间，碗里的水变成了黏稠的白浆，女人们揉着眼，伏在桌上睡着了。

柳絮落地时互相缠绕，变成大团白绒球，在地上翻滚。

渔具列传

房顶晾晒的干鱼上也落满了柳絮。鱼刚摆在房顶上，还没有干透，等鱼半干时，柳絮已经在鱼身上粘牢了，人们想了很多办法都除不掉。若要用刀刮，势必会毁坏鱼身，那样就卖不上好价钱了，如果任柳絮在上面不动，照样卖不上好价钱。不久之后，人们带着斧子锯子，走出各自的家门，把一排柳树伐掉了。叮叮当当的伐木声中，柳絮还在飞着，它们随风而起，轻松跃上房坡，附着在干鱼上，干鱼变成了毛茸茸的怪物。许多干鱼因此变成了不合格的残次品，被整篓整篓倒进臭水沟里。

那个下午柳絮照样飞着，随着几声巨响，柳树硕大的树冠轰然倒塌。

小贩又把摊位摆好，一抬头发现密集的柳树林不见了，就连树桩也没留下一个。原来，柳树都被村民砍掉了，连树桩都被刨回家做了凳子。地上的树坑还没来得及填平，树坑里积了水，坑底还有几个脚印，显然是走夜路的人在这里不慎失足。

小贩慌了手脚，平时习惯了用柳条穿鱼，现在拿什么来穿呢？他想编织新的柳条鱼篓，也难寻柳条了。他跟一位老人请教，老人告诉他，这片柳树林长了几十年，如今被伐尽，要找到同样的柳树林并不容易，需要走很远的路。于是，我们再也没有见到那个小贩，他和柳树一样，从我们的生活中消失了，连同他的柳条鱼篓。他的消失如此彻底，就像从未出现过一样。

四〇　弹涂竹管

弹涂鱼，或称为弹鳢，是落潮后的海滩上跳来跳去的一种小鱼。弹涂鱼在泥里挖洞，住在洞里。退潮时，弹涂鱼跳跃在泥滩上，一双眼珠凸出眼眶外，来回转着。它一路跳跃，不断溅起泥水，令人想起洪荒时代的泥沙俱下、万物奔走。

暑热之时，弹涂鱼最易被捉。捉弹涂鱼时要驾着泥舟，外加特质的竹管三四百支，以皮条捆缚于船头。于是船头上就有三四百条金光在浅滩的积水中闪烁，这些竹管便是闻名遐迩的弹涂竹管了。

制弹涂竹管最好选在暮春时节，取来径宽二指左右的竹竿。经冬的寒气还未完全消散，竹竿外壁传来彻骨的阴凉。

竹管

这时需要一把称手的钢锯，把竹竿截成一寸左右的竹管，一端有节，一端开口，还要把有节的一端削尖，便于插进泥滩。

布置竹管也极为简单。找到弹涂鱼经常出没的地带，趁弹涂鱼外出觅食，把竹管插进它们栖身的洞穴，在泥滩上微微露出一小截竹管，布置好便可离开。渔夫手持长竿，驱赶海滩上的弹涂鱼，将它们赶到那片竹管当中去。弹涂鱼见到有洞，头朝下扎进竹管中，竹管僵硬，弹涂鱼无法动转，因而被卡在竹管中。这时多数竹管中已经钻进了弹涂鱼，提起竹管，回手朝鱼篓中一甩，弹涂鱼就被收到了鱼篓中。操作简单，无须特殊技艺，这便是弹涂竹管的优点。

弹涂竹管大有来历。古时的半岛上有一对兄弟，哥哥受异人指点，学会了用弹涂竹管捕鱼，当天便满载而归。更出人意料的是，他鱼篓中的弹涂鱼有一半变成了纯金的，另一半还是鲜鱼。这下，哥哥就有了现吃的鱼和大量积蓄，日子过得优哉游哉。贪心的弟弟躲在暗处看到，回到家如法炮制。他买空了市集上的竹竿，海边的小屋里终夜都是斧锯之声。深夜里，哥哥被噪声惊醒，却不知发生了什么事情。弟弟的弹涂竹管终于制成，足足十万支竹管栽遍海滩，居然也是每管不空。当他靠近那片滩涂，他的十万根竹管同时喷出黄泥，险些把他淹没。他奋力逃出泥阵，两只鞋被泥堆吞掉了。他光着脚跑回家，脚底磨破了，沿途洒下的斑斑血迹，后来都化作了红荆棘。

弟弟从此再也不敢来捉弹涂鱼。他每次涉足海滩，都会遭到凌空飞来的海泥的弹射，他不得不远离海岸，开始以种地为生，做起了农民。哥哥倒是还来海滩，他还只带百余根竹管，只不过所获弹涂鱼再也不会变成金子，原先变成金子的弹涂鱼，也都变回了活鱼。

多数民间故事中都有这种一母所生的两样不同人格——哥哥忠厚朴实，弟弟贪婪奸诈，最终出现相悖的命运。我们每每为这样的故事感到揪心。在这个故事的结尾，哥哥每天老老实实去集市上卖鱼，人们常见他在半岛的市集上摆下鱼篓，弹涂鱼在鱼篓中冲撞，竹管就摆在他的脚边。你知道，这是很久以前的事情了。

补记一
蟹笼考

蟹之美味，早就引起了古人的注意。《周礼》中曾载有"蟹胥"，即一种蟹酱，类似于虾酱，能保留蟹的鲜味，又可长期保存，是海疆进贡周王室的贡品。自周以后，历代都有蟹进贡，比如隋炀帝最喜食蟹，《清异录》曾记隋炀帝食蟹时的豪奢："炀帝幸江都，吴中贡糟蟹、糖蟹。每进御，则上旋洁拭壳面，以金缕龙凤花云贴其上。"不单皇室成员喜食蟹，文人爱蟹更是到了无以复加的地步。《世说新语》说毕卓"一手持蟹螯，一手持酒杯，拍浮酒池中，便足了一生"。明末文人张岱在其传世名作《陶庵梦忆》中有一篇《蟹会》，专门描述昔年吃蟹的记忆："掀其壳，膏腻堆积，如玉脂珀屑，团结不散，甘腴虽八珍不及。"张岱的流风余韵又波及袁枚、李渔等著名的美食家，经这些文人弘扬，食蟹之风大盛。《红楼梦》《金瓶梅》等古典小说也都曾不厌其烦地写到贵族之家的"螃蟹宴"盛况，其仪轨之繁缛，食材之精良，兼及吟咏之风雅，无不令人瞠目。贵族还发明了吃蟹的工具，据木村重《鳞雅》记载，明代初创的食蟹工具有锤、镦、钳、铲、匙、叉、刮、针八种，即所谓的"蟹八件"，后来发展到六十四件，吃蟹成为一种优雅的贵族文化。似这等蟹宴，耗费银钱更似流水一般，难怪《红楼梦》中刘姥姥感慨道："这样螃蟹，今年就值五分一斤。十斤五钱，五五二两五，三五一十五，再搭上酒菜，一共倒有二十多两银子。阿弥陀佛！这一顿的钱够我们庄家人过一年了。"

当食蟹成为蓬勃发展的贵族阶层饮食文化之际，生于钟鸣鼎食之家的子弟只知道大快朵颐，哪知这世上有蟹笼，更不知捕蟹的艰辛。或许只有陆龟蒙之类的隐士才有机缘亲身使用蟹笼并为之见证。当四体不勤、五谷不分的贵族一朝失势，沦落山野，也开始学着渔人的样子在河川中用蟹笼捕蟹，此时是否会忆起昔年蟹宴时的繁华？蟹笼一器虽小，却也见证了人世的冷暖。

渔具列传

陆龟蒙曾说："矢鱼之具，莫不穷极其趣。"笔者认为，趣在于其机巧，蟹笼在渔具中的巧趣似可拔得头筹了。蟹笼的制式，多采取笼状，透水，有入口，有倒刺，蟹能入而不能出。蟹笼初为竹制，后来网具发展，才由竹制改为今日的铁棍焊接的网笼样式。蟹笼的演变，经历了漫长的历史。蟹笼的历史，既是渔业史，又是文化史，一件小小的捕蟹器具上，凝结了民间巧夺天工的手工艺传承。蟹笼虽是小技，却也能见其大。

蟹笼的前身称为蟹断，或曰蟹簖。北宋傅肱《蟹谱·采捕》云："今之采捕者，于大江浦间，承峻流环纬帘而障之，其名曰断，于陂塘小沟港处，则皆穴沮洳而居，居人盘黑金作钩状，置之竿首，自探之。夜则燃火以照，咸附明而至焉。" 蟹簖是在水中设置竹篱，沿着水流的方向打桩设障，拦挡水中的鱼虾蟹，为了防止鱼虾逃逸，还可设为曲折的迷宫样式，俗称迷魂阵。到了蟹簖的死胡同，蟹会沿着竹篱往上爬，此处挂设蟹篓，蟹即可陷入其中，蟹篓的口部有竹篾的倒梢，可以进入，却难以逃出。

蟹簖又称为蟹帘，多是编苇草为席或插竹片为障。又高似孙《蟹略》引《广五行记》曰："元嘉中，富阳民作蟹簖。"清末沈同芳《中国渔业历史》中也说："枞阳一带有专门制簖之人。"说富阳之民作蟹簖，并非将蟹簖的发明权归于此，只是因为富阳的百姓使用蟹簖较多罢了。枞阳出现了专门制簖之人，可看作蟹簖这一渔具在清末已经走向市场，渔人需要蟹簖，可直接向制簖人购买。社会分工进一步明细，制蟹簖甚至可以作为一门谋生的手艺了。

相对而言，蟹簖算是一种比较古老的渔具了，因其简便易用，可依据地形灵活布置，至今仍有沿用。在江南水乡，常可看到在河流中林立的蟹簖，流水从竹篾的缝隙里穿过，蟹在迷宫里陷落。从明万历三十五年（1607年）刊本的《三才图会》中的一帧蟹簖图里，可见蟹簖的样式。图中所示的捕蟹场景悠然惬意：一渔夫泛舟于水面，在船的外围，是插竹而围起的一片半封闭式水域，渔夫手中持有两个竹编的锥状篓。渔夫正在检视锥状篓，眉开眼笑，连眼睛和眉毛都笑弯了——里面定有沉甸甸的收获。此书中还有一句关于簖的描述："簖者，断也。织竹如曲簿，屈曲围水中，以断鱼蟹之逸。其名曰蟹簖，不专取蟹也。"由此可见，蟹簖虽然名为蟹簖，但不单单是捕蟹，也可捕鱼。

至于蟹笼，则比蟹簖更加小巧易操作。实际上，蟹笼是由制作蟹籪的思维方式和原理发展而来的，蟹笼相当于一个小型的蟹籪式阻隔体系，将其原理浓缩于一器，既可接在蟹籪上与其配合使用，又可单独使用。蟹笼入口处的鬣，是细竹篾的倒刺，顺荏可以进入，逆荏则难出。许多渔具都采用了这一原理，民间谓之"倒梢"，不但需要巧思，还考验制笼者的编织技术。网眼需要整齐而周密，倒梢需要不松不紧，太松则易令蟹逃脱，太紧，蟹难以进入，分寸极难掌控。最早的带"倒梢"的竹制蟹笼，早在新石器时代就已出现。位于浙江湖州的钱山漾文化遗址不仅出土了船和桨一类文化遗存，还出土了有"倒梢"的篾编笱，可于水流中捕获鱼虾蟹。杭州水田畈遗址出土的竹筌形如圆锥，顶端封死，开口处装有倒梢漏斗，使用时放在小河岔口，鱼虾蟹顺水进入，便不能出。

在江南一带，竹是常见之物，取用方便，所以当地居民对竹器的使用早就驾轻就熟，蟹笼在这里出现，也算物尽其用。不过，在《蟹谱》中，也提到了蟹籪带来的水患弊端："蟹至秋冬之交，即自江顺流而归诸海，苏之人，择其江浦峻流处，编帘以障之，若犬牙焉，致水不疾归，而岁常苦其患者，有由然也。"资源开发与环境保护之间的矛盾，在古代就已彰显出来。此论较为客观，蟹簖之多，确有不易疏浚，造成水患之弊。

蟹笼的名目，也极为驳杂，不过大多与竹有关。早期的蟹笼名为"蟹籊"，南宋高似孙《蟹略·蟹籊》曰："籊者以竹为篓，上接簖帘者也。陆龟蒙曰：'笱即籊也。'"可见，籊是一种接在蟹簖上的篓状渔具，也即蟹笼的异名而已。高似孙诗云，"自携笔具呼西舟，好风吹蟹归鱼籊"，说的便是使用籊的乐趣。此外，蟹笼也称蟹篗、蟹笱、蟹筌，都是竹器。蟹簖虽不是蟹笼，有时也可代指蟹笼。清末王孙溥心畬画过一幅《山魈图》，并有题画诗云："深谷无人踟蹰行，偷来蟹簖喜还惊。早知变木遭熏炙，不若空山赋月明。"画中山魈手持蟹笼，笼中有大蟹。山魈是山中古木之精，它最喜食蟹，常于山间溪流中偷取渔夫布设的蟹笼，托名为东方朔所撰的《神异经》说山魈"见人止宿，暮依其火，以炙虾蟹。伺人不在，而盗人盐"。原来山魈吃蟹还是动烟火吃熟食，甚至还要放盐，也算是妖魔中最懂蟹的了。山魈的原型，可能是一种食蟹猴，喜于海洋潮汐带以及山间河床地带寻找蟹类和贝类为食，它被神化为山魈木怪之时，食蟹的本性也一并保留下来，因此，蟹笼也成为各类山魈图像的标志性符号。

在溥心畬的题画诗中，用蟹籪指代蟹笼，是一种较为古雅的用法，在某种程度上，蟹籪与蟹笼已经可以互通。至于《山魈图》中的山魈偷蟹，则是一个颇有渊源的掌故。在我们的传统中，山魈与蟹笼的渊源极深，山魈的绘像中常附有蟹笼作为陪衬，实则二者是一组互相关联的符号系统，这种映射关系，源自山魈偷蟹的故事。祖冲之《述异记》中记载了一个山魈偷蟹的故事，是记叙山魈与蟹笼故事的典型文本：

> 宋元嘉初，富阳人姓王，于穷渎中作蟹籪。旦往视，见一材头，长二尺许，在籪裂开，蟹出都尽。乃修治籪，出材岸上。明往看之，见材复在籪中，败如前。王又治籪，再往视，所见如初。王疑此材妖异，乃取纳蟹笼中，系担头归，云："至家当破燃之。"未之家三里，闻中倅倅动，转顾，见向材头变成一物，人面猴身，一手一足，语王曰："我性嗜蟹，此实入水破若蟹籪，相负已多。望君见恕，开笼出我。我是山神，当相佑助，使全籪大得蟹。"王曰："汝暴犯人，前后非

一，罪自应死。"此物转顿，请乞放，又频问君姓名为何，王回顾不应答。去家转近，物曰："既不放我，又不告我姓名，当复何计？但应就死耳。"王至家，炽火焚之，后寂无复异。土俗谓之山魈，云知人姓名，则能中伤人，所以勤问，正欲害人自免。

这里所讲的山魈故事，与蟹密不可分。王姓渔夫在河里预先设置了蟹籪来捕蟹，早晨去看蟹籪，发现蟹籪总是被一根二尺多长的木头撞开栅栏，蟹都从豁口处跑光了，这种怪事一连出现三次。渔夫认为这根木头是妖怪，就把木头装进蟹笼里，要拿回家将其烧掉。原来这块木头正是山魈所变。出奇的是，以山魈的神通，居然被困在蟹笼里，难以冲破竹篾编织的笼子，蟹笼在这里被赋予了某种镇压邪祟的神异属性。山魈尚且难以脱困，更不用说入笼之蟹了，这也从另一个角度阐发了蟹笼能入不能出的重要功能。山魈在蟹笼中现出原形，向渔夫求饶，并自陈"我性嗜蟹"，希求渔夫宽宥，而渔夫不为所动，终于将其焚化，山魈就这样被渔夫给烧死了。不难看出，渔夫对偷蟹者深恶痛绝，所以下手毫不留情。

其实像蟹笼这类定置式的渔具，最怕有人半路来偷，蟹笼的安危与否，也最能见世道人心，山魈或可视为对偷蟹之辈的影射。溥心畬想必是熟知这个故事的，所以才写下"早知变木遭熏炙，不若空山赋月明"的题画诗。这是蟹笼文化中的一个最为典型的故事了，虽是志怪故事，也应当有现实的影子。可据此推知，蟹笼至少在南朝时代就已经很普及了。

故事中的渔夫设置蟹簖和蟹笼，每天早上都要去收一遍，捕蟹已非偶尔为之的"打牙祭"，而是渔夫的主业。这类渔人，又被称为"蟹户"。据《蟹谱》载，五代时钱氏据有江南，曾"置鱼户蟹户，专掌捕鱼蟹"，渔业生产的分工进一步细化，渔人们有了各自的分工。

此后蟹笼几无大变，只因地域空间及风俗习惯的差异，才略有风格上的不同。直到清末，沈同芳在《中国渔业历史》中记载了一种新式蟹笼："蟹笼，以竹为之，如裤形，高四尺，两腿管相离亦四尺，裆底为门，圆径八九寸，有倒刺向内腿，管径尺许，向下渐小，亦有倒刺两层，管底有盖，蟹由门进，一过倒刺，即不得出。"蟹笼条目后又附虾笼，可供参照："以竹为之，形如蟹笼而小，仅尺余，裆下无门，门在两腿，管口亦有倒刺，虾能入而不能出。"此书所载的蟹笼仍使用"倒梢"的原理，但形状上已经发展为双筒的了，类似于裤子的形状，实为蟹笼制式的创新。数量上的叠加并置，是渔具中常见的改良方式，比如单袋网改作多袋网，单钩钓竿变为多钩，都是此理。

如今的蟹笼，已经演变为圆饼形，铁棍焊接框架，外面敷设绿尼龙网线，入蟹口也改为喇叭口式的网袖。有人会往蟹笼内放死鱼，那是蟹喜食之物，蟹被诱入笼后就难以逃脱。材料和造型都是属于工业时代的，而古法几乎未变。

补记二

风螺壳价值规律

二十世纪九十年代末期，风螺壳出现在半岛上，市场价值为人民币五元，后来螺壳供应日丰，则降至三元。大约同时期，螺壳开始具有了一定的货币功能。一定数量的螺壳可以折换小麦、玉米等粮食，可从走街串巷的粮贩手中现行兑换，交换之后，粮贩可以得到略高于粮食价值的螺壳，再待章鱼捕捉的旺季，把螺壳以略高于平时的价格卖给船队，获得双重差价。

螺壳交换的差价会扩大，亦会缩小，但当两个合约之间的价格差异显现不正常的现象时，就为交易者提供了套利的机会。设单位螺壳所代表的货币量为L，流通中所必需的货币量为n，流通中的螺壳总量为m，则螺壳交换中单位螺壳所代表的货币量可以如下式所示：

$$L = \frac{n}{m} \ (L \geq 0)$$

单位螺壳所代表的货币量即单位螺壳的购买力水平，决定单位螺壳的交换价值。从上面的公式可知，当一个时期社会所需要的货币量确定之后，单位螺壳的交换价值就取决于螺壳的流通量了。而螺壳的流通量又取决于螺壳的总量。因为螺壳本身除了实用是没有内在价值的，这一点与金银有异，它只有在流通中才体现出价值。螺壳若不参与流通，便会像死水一样，附加在螺壳上的价值便会立即消失。随着章鱼捕捞的式微，螺壳换粮的交易悄然消失了，螺壳充当换粮货币的时代稍纵即逝。这段时光虽然短暂，但仍会令人想起货币的原初形态——贝币。

贝币多见于世界各地的原初文化形态中。先民把交易的替代品圈定为海贝和海螺壳，人类初年的心理及行为方式惊人地相似，不因地域和族群之不同而受阻隔。海贝、海螺那规则而又光洁的外部特征，深深吸引了先民的目光。那时的世界空旷而又混沌，难见什么规整之物，直到铸铜铸铁技术发明推广之后，自然造物才被逐步轻视。

东南沿海一带曾出现聚酯材料制作的高仿真风螺壳，与真螺壳分毫不差，制造者甚至仿造出了螺壳表面附着的小型贝类。聚酯螺壳用以诱捕章鱼，补足了天然螺壳的短缺，人造材料随意抵达世俗生活的每个角落。需要补充的是，在新一轮的海洋捕捞实践中，居然在渔获物中发现了聚酯螺壳，它与真螺混在一起，不细看难以分辨，足以令造物主尴尬。

天然海贝作为一般等价物的时代一去不返。回想少年时在胶东渔村见到人们用风螺壳换粮，忽有时空倒置的错位感。先民的智慧还在民间继续传递，以看不见的暗流继续施加影响，换物之举，是我们时间轴上与上古先民的再一次对称。

列传第六　耗刺

四一　何氏鳝杆

在半岛，捕杀白鳝的钩杆须及时收起，横挂在檐下。它的倒钩太过尖锐，会无意中伤人。每天出门都看到鳝杆紧贴在屋檐下，两端各有一个绳套牵引，杆头和杆尾搭在绳套中。风吹过，鳝杆头尾微微摆动，如在水中游进。槐木手柄上，海泥的青灰色泽深入到木纹里，生铁的倒钩缚在杆头。除了明亮的钩尖，这木柄上唯一的铁器早被铁锈所害，黑铁常年流失，铁的浓烟在水中融化。

青砖瓦舍内，正堂上明烛晃晃，烛火间飞出的青烟瞬间融入无边的黑暗，何渔隐在堂前席地而坐，他在捆扎鳝杆。

麻绳蜷曲在他脚边，槐木棍去皮抛光，又擦了乌贼骨粉，更显干爽，入手也牢靠。擒住一端轻抖，杆头便连颤

杆罱

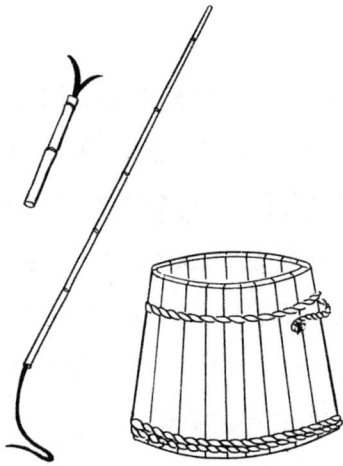

五六下，甚是灵便。前几日，铁匠送来了二十件何渔隐定制的鳝钩。此钩的图形乃是何渔隐亲手所绘。铁匠找来三尺长的铁锥，取一尺左右的尖端，向一侧折下去，弯成圆环状，尖端留出一指多宽的开口，这便是捕杀白鳝的利器了。鳝鱼形似蛇，却比蛇多了满身的涎沫，滑腻不可着手，被人用双手扑住时，可以轻易滑脱，只能以锋利的铁钩扑杀。

何渔隐去官后，过起了平静的生活，闲来无事时最爱焖白鳝和烧白鳝下酒。他是吃鳝的行家，鳝钩也是他首创。那一日，铁匠打造的鳝钩送到堂前，他让管家付了账，便向后山去寻槐木。正逢初秋之时，山间绿叶仍在，丝毫不见萧瑟气象，但天已经凉了不少。何渔隐专寻槐树根部发出的旁枝，须得是那种直挺挺的一根长条，寻得后便躬身斧斫。他与仆人满载而归。当他们回到院里，卸下肩头的槐木杆，后山上的树叶纷纷落下，秋日之鞭提前降落到山上，满山枝叶迸溅，木叶横飞，何渔隐和仆人在院子里抬头观看，只见屋顶后兀然冒出的山岗抖动不止，秋已经深了。何渔隐怅然间冲仆人挥了挥手，仆人把槐木棍立在墙角。这是他们在秋季的大萧条到来之前，从山上抢下的槐木，它们将要成为鳝杆的手柄，在海边的泥水里打捞起油滑之鳝。

捆扎鳝钩，须用熟麻绳缠绕数十匝。这种熟麻绳见水愈紧，实为海上绳索之佳选。若要寻个牢固之法，可在木杆上凿出凹槽，以容纳铁钩。凹槽末端钻孔，以便将铁钩的尾端折起，敲进孔中。这些都是后话了，何氏草创鳝钩之时，只是草草捆缚一番，尚没有这些细处的讲究。何渔隐为了区分，在鳝杆上各题有一字为记。鳝杆共二十根，二十个字合在一处，正好是一首称赞鳝鱼之美味的五言绝句诗，而每个字又暗合这根钩杆的微妙属性，比如杆上若刻的是"风"字，那这根杆就是微弯的，如风中草木弯伏之状。再如，杆上若是"天"字，这根杆必然是最高的，在二十根杆中必然是直摩云天的一根。可惜的是，这首诗没能流传下来，只因鳝杆在何渔隐死后传到民间，渔家多用其杆来捉鳝鱼，渔夫们不认得字，只觉杆头的字是记号，怕何家的人来寻，便不约而同地刮去了杆头的字，何氏鳝杆的精髓也因此消散大半。

在半岛的河流入海处，成群的鳝鱼会在无月之夜浮出水面呼吸，见光则遁迹。何渔隐带着仆人，拨开小船，悄然驶出，持杆在浅水里拨剌，不时有鳝鱼中钩。仆人在船尾清洗鳝鱼，斩连刀，放在小火炉上清炖。另择出几小段，用铁钳穿了，置于炉火上烤。何渔隐随船带着烧酒，吃喝一夜，到东方发白，才命仆人开船。仆人年幼，喝了几杯，早已醉得不省人事。主仆二人同醉在船上亦是常事，过往此地的渔船见了，怕他们被冲到外海，便伸出铁索套在何家船头，牵着他的小船入港。

乡人习以为常，何氏也乐此不疲。他曾在一首诗里记录夜渔的场景，并回忆了炖鳝的肥腻与烤鳝的酥脆。烈酒驱散了海上寒夜，无尽的海上只有小船一叶，由无形之手牵引着，疾驰进黑暗里。海上无月，借着星光，能看到群星跌落在万里水波，随着浪头涌向天际，也不知是星坠于海，还是海中升起星斗，小船倒像是在天上游了，无所依傍。何渔隐拍了拍稳稳托着他的船板，才稳住心神。原来船一直托举着他和他熟睡的仆人，眼前一切，不过是海上的夜晚极易出现的幻象。

当此情景，他居然连饮不醉，烤鳝的油爆声，锅里炖鳝的咕嘟水声，在他听来，都远胜于海上潮声。这样的夜晚，海天都是昏黑一片，小船似乎漂在冥河之上。他和仆人都无意辨认方向，任由小船随风飘去，即便迷路也毫无挂碍。何渔隐想起前几日在斗室中吃鳝饮酒，再看眼前光景，顿觉当初的逼仄可憎。夜已经深了，杯中酒满，鳝鱼翻开的白肉正热，仆人抱膝打盹，何渔隐却精神大增。他抱杆坐在火炉前取暖，鳝杆上的弯钩指向天幕，海上恶鸟见到钩尖的一点寒光，远远避开了。

捕鳝的活动终因冬季的严寒降临而早早作罢。第二年何渔隐想再次出海，却一病不起，不久便郁郁而终。何氏死后，鳝杆之法由其仆人传至民间，大行于世，并在使用中逐年改进完善，钩形更加完美，钩术也大进。捕鳝者的数量日甚一日，却再也没有何渔隐这样的吃鳝人了。他身后留下的二十根鳝杆都在，尚可使用，都被仆人偷卖至附近渔家。渔夫用后觉得便捷，远胜于他们使用的挠钩，鳝杆由此风行起来。于是，这二十根鳝杆便成为东海鳝杆的源头，东海渔家俗称之为"鳝杆二十祖"，后世鳝杆均据此仿制。

何渔隐，清末名士，两榜进士出身，留京任职。不多久，民国肇造，清室宗庙既隳，何渔隐去官，在半岛闲居，以前朝遗老自居。其年少时即有文名，并有异行，而乡间耆旧多怪其行事荒唐。何氏幼年时，每过岛上鱼肆，盆中桶中活鱼见他而立毙，如是者再三，坊间有人风传其为几十年前半岛上搁浅的白鲨转世，前生啖鱼无数，故群鱼见之受惊而毙命。谣言传开后，何氏常被鱼肆商贩驱逐，他路过岛上鱼市，沿途鱼肆皆关门落板躲避，唯恐祸及活鱼。中年后，何氏有诗文行世，晚年著有《治鳝书》，专记鳝鱼习性及捕捉、烹饪之种种妙法，有的采自民间，有的来自一己捕鳝之经验。治鳝之书可谓古今罕见，能作此书者，何氏一人而已。何氏后人今藏其书，代代相传。

展观何渔隐的《治鳝书》，便想到了他疯狂捕鳝、吃鳝的一生，乡邻只记得他是嗜吃的渔翁，哪里还记得他曾是前清的翰林。《治鳝书》开篇的"何渔隐先生画像"是何氏后人根据记忆所画，只见他正襟危坐，短髯垂生于颏下，朝服顶戴俱全，眼光平视前方，流露出闲远恬淡的风神，俨然当世大儒。这样的画像显然是何氏后代为夸耀祖先而绘，充斥着官本位的恶俗之气。合上书本，我心里出现的却是何渔隐在灶头吞吃鳝段的滑稽形象，可惜不擅丹青，不能为之绘，今试述其状如下：

灶台上的铁锅还冒着白气，鳝鱼已成釜底之食，鳝骨在何渔隐的两腮隆起两座山丘。他的嘴角开始流出两股黄油，沿着胡须滴下，涎沫和鱼油打湿了前襟，灶前满地横陈着他吐下的雪白鳝骨。

四二　蚬耙

在东夷族的上古传说中，有一个年轻的渔夫矫然而出，只因他遭逢奇特，后来成了东夷部族众多小国之中的一个国君。他自幼和母亲相依为命，而海上的艰辛劳作早早剥夺了母亲的健康。母亲临终时曾对他说，你快到海边去，跟着蚬走吧，想要什么，就跟蚬说，你要什么，它就给你什么。

母亲过世后，他在海上捕鱼。这一天，他回到岸边，在海滩上看到了一只长可过膝的蚬，正吐出斧足晒太阳，肉质的斧足在阳光下更显光华夺目，那是所有细小的尖锐光斑点阵的巨大合奏，直把他看呆了，这是他平生所见的最大的蚬。这时他忽然想起母亲的话，就跟着蚬走了。蚬见他侍立在侧，便直起身子来，蚬壳在流沙里游动，只露出喷水的

耙 蜆

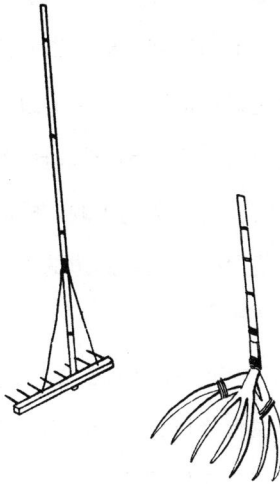

嘴。它在沙里随意行走，斧足在沙内蠕动，比脚还要灵巧，渔夫紧跟其后，居然稍感吃力，脚下的沙不断下陷。在蚬走过之处，一道深沟赫然显现。这是距今一万年以前的东海，一人一蚬紧紧相随，直把上古时代的太阳远远甩在身后。沙滩上留下一条绵延无尽的直线，旁边是散碎的脚印，延伸到天边，他们一直走上了天空。

那是一只千年蚬，它在泥滩里隐居，深凿海岸上的淤泥，把自己埋起来，不问世间之事，惯看潮起潮落。当这个渔夫缺吃少穿时，他就在退潮时走出海边的小屋，来到云水激荡的海滩上。他逆风而行，瞬间被海风笼罩了全身。他一路寻着浅水中的洞穴，终于望见了蚬。蚬的大半个身子已在泥里，只露出一小截白壳。它在海边的烈日下蜷缩着身子，似乎沉入贝壳内的梦乡。

渔夫俯下身，合拳叩打蚬的白壳，说出想要的东西，蚬就会张开壳，将衣食等物什一一吐出。他稳稳接住蚬壳里冒出的美酒佳肴，正愁无处摆放杯碟，蚬壳中立刻飞出一张条案，杯盘罗列，瞬间成席，渔夫就在海滩上大吃起来。渔夫酒足饭饱之后，蚬伺机逃走，却被渔夫追回。他在海滩掘地三尺，把正在深钻的蚬拽了出来。案前案后有海蟹来回穿梭，海鸥于他的头顶翔集，都来看他的宴席，举翼为他遮阳。海风也来助力，把他扬手抛出的虾蟹壳带回大海，还把他脖项间的酒迹吹干。浪花淹没他的脚踝，在长夏里带来一阵彻骨的清凉。这样临海而坐，享用以天为幕、以海浪为席的丰盛宴席者，古来只有这渔夫一人而已。

蚬每天供应酒肉不断，而渔夫却终于感到厌倦，厌倦了守着蚬过日子的生活，准备离开海边小屋。他临走前拿绳索贯穿蚬壳，带着蚬，曳地而行，身后留下蚬壳划开地面的巨大沟壑。那沟壑积水成河，即是渔夫后来所立之国的边界线。他把蚬带在身边，从此有了无穷的财富。四方之民闻讯，纷纷前来投奔，众人都从蚬中得到了衣食，甚至是整艘渔船，还有不可胜计的渔网。大家一致尊渔夫为国君，其国在海角一隅，渔盐之利不可胜计，于是以鱼名为官名，国人以海为生，皆为渔夫，家家殷实，此地真不愧为海上乐土、人间仙境，徙居而来的中原灾民也在这里找到了生命的归宿。遥远的东方半岛遗世独立，实为躲避战乱的世外桃源，所以渔夫之国长久以来不为人知。许多年前，渔夫来到海滩，只想寻找一只蚬，谁料想，却寻到了他并不想要的王位，海滩上的命运变幻无常。

在渔夫做了十年国君之后，蚬又一次逃走。这次逃走毫无征兆，国君早上醒来之时，蚬已不知去向，锁蚬的铁链齐刷刷断为三截，断口处平滑如镜，应是蚬壳合力铰断，地上还有贝粉与绛紫的混合物。国君俯下身来，盯着那些雪白与绛紫的粉末看了很久。他直起身来，变得夜叉附体一般狂躁，当即命人打造蚬耙，取南山之铜，浇筑而成。蚬耙形制类似钉耙，铁齿如钩，可以轻而易举地翻遍海滩。

蚬耙铸成之日，国人领命，以蚬耙在海滩上翻找。一时间，海滩布满了纵横交错的尖锐沟壑，把整个海滩的沉渣都翻了过来，却只找到手指长的小蚬。国君的巨蚬再也没出现过，它仿佛从未离开这片海，只在暗中窥视。国君的梦里也有了这只巨蚬探头缩脑的情景，他常从梦中惊醒，并于深夜长吁短叹。只是蚬沉潜于九重之渊，并非蚬耙所能抓到，它成了国人挥之不去的梦魇。有人说，那些小蚬就是当年巨蚬的子孙，它们正以惊人的速度在海滩上繁衍，一场大雨到来之时，每个雨点在沙滩上砸下的浅坑里，都会生出一只蚬。那是蚬的黄金年代，蚬苗乘云而来，仿佛来自遥远的天外，又趁着暴雨之夜降落到海滩，雨霁之时，残存的云层自动聚集成巨蚬的长条椭圆状。第二天，海上便有无数泥孔在耸动，这时候你才知道，滩上寄生了难以计数的生命，它们共同托举起这片褐色的泥沙肌肤，使海滩变成了倒伏的巨人。东夷部族的原始崇拜也完全从这海滩上得来，毕竟那时的他们除了海滩一无所有，海滩就是他们的一切。

渔夫的国人因食用蚬和贩卖蚬而安居下来，国君也把寻找巨蚬的事忘在了脑后，因为他早已不缺吃穿。他命人打造的蚬耙却流传下来，经沿海渔夫依样仿制，最终演化为耕海之器，历几千年而不衰，至今尚存于东海渔户之间。蚬耙在海滩上耕耘的身影随处可见，在它齿间不断滚出阵阵浊浪，白壳的蚬在泥流中闪现。

二十年后，有人在海上撒网时见到一只巨蚬。它以双壳为翅，从水中飞起，身上的海水坠落后引发了一场暴雨，船舱瞬间被灌满，险些将渔船倾覆。人们在突如其来的暴雨中睁开眼时，巨蚬已经飞远了，只剩下一道长条的白光。夜里，在巨蚬消失处的天幕上，出现了白亮的彗星，彗星持续一个月之久才消失。许多年之后，东海的居民仍然认为彗星是蚬吐气所化。彗星现身的日子，捕蚬的作业几乎停止，直到彗星消失，人们才逐渐淡忘蚬的示警。

在当时，彗星的出现在国中造成极大的震动，一时间人心惶惶——巨蚬把它的影子投射在天幕上示警。在缺少人造光源的年代里，还有什么能比长夜里的硕大光柱更能夺人心魄？彗星占据着东方的天幕，在地平线之上微微倾斜，每到后半夜便显现出夺目的白光，半边天都被染成白色，即便在白天，也隐隐有白光出没。

在国人的惊恐中，渔夫国君于当年冬天病逝。据说他去世时极为安静，脸上现出耀眼的白光，身边侍从的眼睛都被灼伤。渔夫国君死后，渔夫之国从此也就衰落了，像那只巨蚬一样消失在东海的浩渺烟波里。

渔夫之国的国史于今不传，只留下这样一个巨蚬的故事，横亘在东夷故地的上空。

四三　鱼叉

　　鱼叉源自上古时代的姒芒氏的族人，他们最初在山野之间奔逐鸟兽，猎遍了脚下的每一寸土地。狐兔相继被猎杀，火堆旁的兽骨也归于尘埃，山林日渐萧条。终于有一天，他们把目光投向远处的海，海中若隐若现的鱼群吸引了族人。一万年以前的海上，他们的独木船冲进那片大水，族人敲击竹木棍，以巨大声浪逼出大鱼，桨手齐声喊着号子，朝大鱼逃遁的方向追去。

　　姒芒氏所在的年代，海上有那么多大鱼，跃动的鱼脊构成了波浪，木船行驶在鱼背上，颠簸不止。船上站起一位健硕的头人，他扔掉木桨，俯身抄起横在脚下的鱼叉，向着船舷一侧的大鱼跃过去，正好坐在大鱼的脊背上。他揪住尾

叉魚

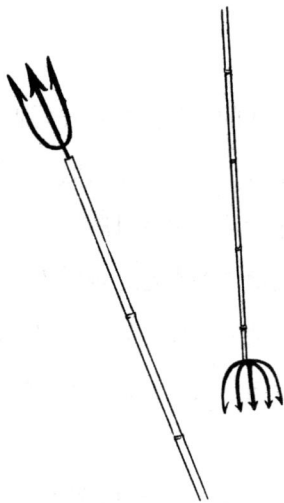

鳍，把鱼叉对准鱼头送下去，接着是鱼头骨爆裂的声音。他手上微微一震，心知鱼骨已破，便及时抽回叉来，低头啜饮鱼脑。鱼头上两个窟窿深不见底，鱼脑在他齿间流溢，顺着嘴角流下。

被吸取了脑浆的大鱼僵伏不动，身子下沉。他骑在鱼身上，感知到了下沉的危险，海水已快没过胸口。他的鱼叉早已刺穿鱼的上颚，两个拳头大的孔洞流着血。他取下腰间的绳索，拴了上颚的两个孔洞，系成死结，随后又风一样跳回船去。他踩在鱼背上的奋力一跳，更加速了鱼的下沉，如果没有上颚的绳索牵引，大鱼就会跌落到无底的深渊。船尾挂满了锁颚的绳索，每一条绳索的尽头，都是沉在水中的大鱼，它们失去了脑髓，被船上的绳索牵引着，随着船走。大鱼的同伴匍匐在水底不敢出声，眼睁睁看着它们被带走。无脑的鱼群跟在船后，船队和鱼群轻轻掠过无数岩礁与水藻，一起向岸边驶去。

此刻，水面上已经风平浪静，战斗止息，族人凯旋。方才捕鱼的勇士站在船头，他把手中的鱼叉投向空中，鸥鸟急急躲避，惊散的鸟羽落满他的双肩，鱼叉脱手而出，旋转着飞向一片海中沙洲。叉柄先行落地，搠进了沙洲，两个叉尖直指空中，天空也因此显得局促。不多时，沙洲上的鱼叉化作一丛密集的树林，每棵树都生着两股朝天的尖锐枝丫。后人来到此处，砍下树杈，把枝叶削去、树杈的顶端削尖，即可将其当作鱼叉使用，木质的鱼叉照样刺穿鱼的身体，血浸染了两个枝丫。

若你乘船来到海上沙洲，砍下这古老的树干，把枝叶修理干净，端详这分杈的树枝——由主干上分出的两个杈长而尖锐，像蝮蛇吐出的分叉红舌，像闪电式的芒刺——这时你便会看到上古时代的鱼叉样式，它终由这片树林秘密保存下来。每岁的枯荣，只为保存古时候的鱼叉样式，谁把这样冗长而又单调的使命赋予了它？

四四　牡蛎铲

东海上以捕捉牡蛎为业的渔人，终日在海边的岩礁上穿凿不止，他们家家都供奉着曹国舅的神像与神位。曹国舅被称作牡蛎业的守护神，同时也被尊为开采牡蛎的祖师爷。在半岛地区流行的神像上，曹国舅身着朝服，手捧笏板，不过这笏板被当地人认作牡蛎铲——牡蛎铲外形像笏板，相传是曹国舅留下来的，这一切皆源自曹国舅笏板铲牡蛎的古老传说。

当年八仙过海，以各自的大神通渡海去蓬莱，这已是家喻户晓的故事，但其中还有一段插曲不为人知。渡海的那天，八仙行至海外，忽有牡蛎占据石崖，将礁石间的狭窄通道锁成了铜墙铁壁，使众仙难以前行。那时节，牡蛎的墙壁

鑓鉤

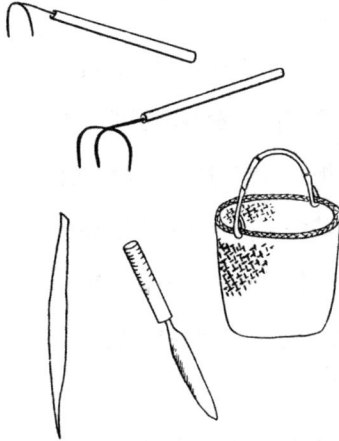

绵延无尽，迎风立长，牡蛎壳近乎石质。八仙在石壁前停下，抬头往上看，见石壁上与天齐，顶得天幕微微弯曲，他们无法从空中腾云逾越。众仙正沉吟间，曹国舅微微一笑，手挥笏板，笏板脱手飞出，化作长条的铁铲，直奔牡蛎墙而去。笏板所触之处，牡蛎大片脱落，片刻之间，高墙上出现三个巨洞。那高不见顶的牡蛎墙并非由无数只小牡蛎拼接而成，而是一整只牡蛎。身受重创之后，牡蛎忍痛遁走，从此再也无力作怪。它所盘踞的礁石也沉入水中，海上的道路豁然打开。就这样，曹国舅无意中成了一个行业的开山祖师，受到了来自古国东部沿海的众多底层渔人的供奉，在渔家心目中的地位大大超过了八仙中其他七位。这应当是曹国舅始料未及的。

　　捕捉牡蛎的人们一早启程，在黄昏时回到渔村，带着满身泥浆，还有沉甸甸的背篓。这是一支男女混杂的队伍，由亲缘相近的家族关系为纽带结成的采捕牡蛎队伍，他们常年攀附在礁石上，寻觅牡蛎的踪迹。牡蛎铲在背篓里，发出有节奏的撞击。遇地形险要处，他们还得腰系粗绳，悬身于大礁石之下采摘牡蛎。海岸传来丁丁凿石之声，牡蛎滚落，壳上还沾着礁石的残片。

采牡蛎的人在礁石背后劳作，我们在岸上很难见到他们，从岸上看过去，礁石顶端冒出的他们漆黑的头发，就像几片忽然出现的乌云。采牡蛎的人回来后，他们手持笏板形状的牡蛎铲回到渔村，令人产生了奇异的错觉。许久之后你才明白，作为功名符号的笏板，终于在风流云散之后沦落民间，它的本来面貌在这海角渔村土崩瓦解。

采牡蛎的队伍中混杂着风流女子、落难船员、逃犯、破产的船老大，甚至是别有居心的投机者。坐在码头上歇脚的老人自称是前清的贝勒，逢人便讲宫廷往事，却没有人相信。采牡蛎的渔夫当中有几个人面无表情地走过村路，齐刷刷地举着牡蛎铲，双手将其捧在胸前，以举着笏板的姿势迈着四方步前行，接受路人的注目礼。泥浆浸饱的粗布衣裳下，是被常年劳作所扭曲的身体，以及克制弯曲而极力挺直的腰。他们无一例外地挺着胸，目视前方。他们把笏板高举至额前，与眉心齐平，泥水浸饱的猪皮水鞋迈出了四方步，悄无声息地走在古镇渔村的石板路上。为首的一人用喉音模仿皮靴踩在地上的节奏，立即引来笑声一片。

最先围过来的是一群村童，跟在队伍后面，依样学起来，手里没有牡蛎铲的就折树枝代替。队伍不断增长，当走到村子中央时，村里几乎所有的孩子都参与进来，近百人的队伍喧杂扰攘，更有孩子的父母在路旁助阵，投来期许的目光，孩子们走得更起劲了，为整列队伍后续了一段摇晃的尾巴。

你是否还会记起当年的情景？在两侧堆满土屋的长街上，走来了久违的整齐队列，这是古戏文里常有的场面，唤起了渔村底层民众的久远记忆。街上行人扭回头观看，猪皮鞋抹掉了石板上的灰尘，碎石子不断朝路边跳跃着蹦出去，吱吱呀呀行进的队伍，并没有收队的意思，似乎要一直走下去，走到天涯海角。忽然出现的这一列齐整的队伍，立刻引起越来越多的围观，围观者不断从路边的土屋中冒出来，就像从地底忽然出现的鼹鼠。

海岛一隅，古老的游戏在渔村石板路上复活，这无疑是对帝国繁复仪式的戏仿。当然，对不少人来说，这种模仿或许是虔诚的追慕，也未可知。

四五　蛤蜊耙

在海边的渔村，每家都有几只蛤蜊耙。父辈在海上流汗，手挥蛤蜊耙耕作于海滩，孩子们在学校念书，大人们最有力的恐吓就是：这个蛤蜊耙是给你预备的，不好好念书就回来捉蛤蜊。

大人的话不是空谈，在这海角，如果念书无望，就只剩下这海上的营生。挂在墙上的蛤蜊耙因此成为少年时代的梦魇，它的长柄和钉齿，在少年的梦里变成瘦长身子、巨口獠牙的怪兽，一路对他追打撕咬。少年被追到墙角无路可走，怪物的铁齿闪着寒光，已经逼到眼前，齿间还残存有蛤蜊的碎片，半干的蛤蜊肉挂在齿间。这头以蛤蜊为食的怪兽饥不择食，钢铁的嘴唇翕动不止，少年到此时方惊醒坐起，热汗

蛤耙

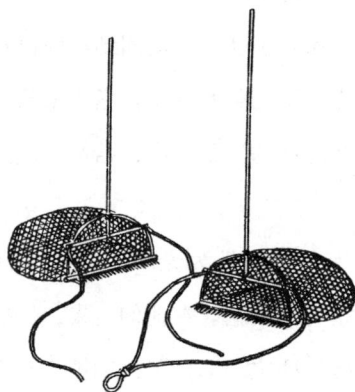

直流。南窗外的蛤蜊耙正在月下闪着白光，少年惊魂未定，醒来时不敢直视蛤蜊耙。当梦境照进渔家院落，怖惧长久不散。

蛤蜊耙也成为孩子们最不愿见到的渔具，孩子们每天见到它都要绕行，毕竟蛤蜊耙意味着世俗意义上的失败，谁也不愿面对。蛤蜊耙对男孩的威慑力最大，对女孩的作用似乎不大，捉蛤蜊这样繁重的体力劳动似乎也和她们无关。但大人只要指着蛤蜊耙对女孩说，"不好好念书，将来嫁个男人拖蛤蜊耙"，女孩听了就会立刻回到桌前摊开书本。可见蛤蜊耙的巨大威力，不论男女都惧怕它带来的诅咒。我们的少年时代便生活在这样的诅咒之中，蛤蜊耙成为我们初涉人世的巨大阴影。

当然，也有的孩子认为无所谓，这样的孩子多数有着发达的肢体和单纯的头脑。在他们看来，蛤蜊耙远比书本简单，也更加直接，便主动选择了蛤蜊耙，并不以为耻。他们直率的选择每每令我羡慕。在这个问题上，身单力薄而又啃不动课本的男孩是最为尴尬的，这意味着理想与现实两种方向上的双料失败。在这两种失败之外，似乎难有第三条道路，即便有，也必将会是第三种失败。我的表弟就是主动选择蛤蜊耙的那个人，只有他是成功的。在他新盖的红瓦房里，南墙上依然挂起了蛤蜊耙。他的儿子已经六岁，站在蛤蜊耙下抬头往上看，眼睛一眨一眨，两个黑眼珠里各有一个蛤蜊耙的影子浮上来，古老的恐惧再次出现。

常年持有和使用蛤蜊耙的父亲们，似乎对儿孙后代的前途并不关心。在他们看来，蛤蜊耙备下了，迟早都得用，有能力走出渔村的年轻人永远是少数。即便孩子能走出渔村，自己也还得带上蛤蜊耙继续卖力，为儿孙在城里的生活铲平道路。你知道，这是一条漫长的路，需要耗尽几代人的生命才能望见终点。在这条路上，蛤蜊耙的消耗更是不计其数，备用的蛤蜊耙照样会用到。蛤蜊耙伤蛤蜊也伤人，废弃的蛤蜊耙在半岛沿岸随处可见，朝上的钉齿会刺伤赶海人的脚掌，沉陷进淤泥中的蛤蜊耙更是伤人于无形。从海滩上瘸着倒退回来的赶海人，多半是遭遇了蛤蜊耙的钉齿，血脚印覆盖在海滩上。

岛上有俗谚曰：蛤蜊耙不传家，便是好人家。所幸为我预备的蛤蜊耙后来没用到，它毁于一场台风，大风把院墙吹倒，挂在墙上的蛤蜊耙也被砖瓦砸烂。谁料想，长期的诅咒就此打破。

祖传的蛤蜊耙在我这一代失传了，但它留下的阴影还在。许多年后，我走在城市的街头，遇到南向的高墙总不敢抬头，而是赶紧走胡同避开。遇到南墙急回头，便是蛤蜊耙在我身上留下的渔村生活烙印。

补记一
何渔隐先生年谱

同治六年（1867年）十月朔日，生于山东即墨县里仁乡富户，为何家次子。出生时哭声震动四邻，连续三月夜啼不止，被邻人呼为"夜哭郎"。家人遂以"夜哭郎"为先生乳名，及长，诸友常以此相戏，先生亦不以为忤。

同治七年（1868年）三月，祖父为"夜哭郎"取名为鲋。适逢舅父丁维中与舅母刘氏送鲋鱼至，故以鱼为名，效法孔丘为儿子取名为鲤的故事。

同治十二年（1873年）春，作《潜蛟》及《望潮》二诗，中有"底须本穴为深藏"之句，深得本县名儒吴徵称赞，阖县皆知何家有擅诗的神童。同年秋，入

何漁隱先生像

县学，拜吴徵为师，习八股文章。

光绪二年（1876年），患眼疾，视物皆重影，读书劳累所致。遂暂停学业，赴崂山请名医钱伯锡医治，施以针石，随后居崂山休养三月有余，痊愈。经此一病，夜间能视物。

光绪二十一年（1895年）春，迎娶吴徵之女。

光绪二十二年（1896年），长子何肃出世。

光绪二十三年（1897年）中举人，族中诸昆弟前来祝贺，俱有贺诗，先生一一唱和，后辑录为《丁酉酬唱集》。

光绪二十七年（1901年）中进士，授翰林院庶吉士，时年三十四岁，故里轰动，人称"何进士""鲆翰林"，全县官吏赴其家道贺。何氏一族子弟倍受鼓舞，多有学先生文章者。

光绪二十八年（1902年），女儿出生，取名菡。

光绪二十九年（1903年），由庶吉士转为编修。

光绪三十年（1904年），次子何靖出世。先生手书苏轼诗曰："人皆养子盼聪明，我被聪明误一生。惟愿孩儿愚且鲁，无灾无难到公卿。"何靖一支后人尚存其手迹。

光绪三十一年（1905年）与京城诗友唱和，并于当年九月作诗讥刺朝廷废除科举之事，引起袁世凯等人的不满。此后不见用，屡任闲职。自光绪三十一年至光绪三十三年之间，连续改任四次。

光绪三十三年（1907年）游京郊，至古北口，有感于多事之秋，遂作怀古诗二十章，并于古北三山有题壁"天地之悠悠"五字榜书，字大可过人。当地地方官命良工镌于石壁，其迹今日尚存。

光绪三十四年（1908年）回乡探亲，作诗文赠子侄，旧稿今已不存。

宣统元年（1909年）还京，染伤寒，卧病三月。时局风雨飘摇，势难回天，先生渐生退隐之心。在此期间，作诗有"帐外执戟郎，扶枝叹花残"之句，说的是韩信在项羽帐下为执戟郎时不受重用，叹国事之不可为。后人对此诗多有曲解，误以为是香艳之词。

宣统三年（1912年）清帝逊位后，先生誓不做民国之官，以前朝遗老自居，还乡归隐。先生研习碑板之学，兼修篆隶书，为时人所重，又有翰林之名，遂于家乡挂单鬻字，前来求字者络绎不绝。何氏子孙今存有"甘棠遗爱"碑，"华茂松风"匾额，皆出自何氏手笔。

民国二年（1913年）卜居东海，自号渔隐先生，故后人多称之为何渔隐，先生手书条幅亦常自署渔隐二字。

民国三年（1914年）筑渔隐楼，观海潮。斋壁上的题诗曰："海上一夜秋风冷，素月清霜照碧痕。才移黄花入暖阁，又闻孤鹓落飘零。"该诗为先生所作，《何渔隐先生集》中可见。

民国五年（1916年），长孙出生，先生为其取名何原，后取字平之。

民国六年（1917年）秋，做五十大寿，置办"百螺宴"待客，即举明火，火烤百螺。烤螺自古以来就是半岛的名吃。经火烤后的青螺外焦里嫩，入口时，螺肉最外层焦脆，烟尘灌了满口，而里面的嫩汁在这时弥散开来。螺的外壳在火烤后脆化，手指一用力，就四分五裂，热流登时溢出，宾客无不称奇。当夜晚间，岛上居民见海边火起，有好事者散布流言称有天火自海上来，即将吞覆全岛，寸土寸石不留，一时间人人自危。第二天早上才得知是何渔隐昨夜晚间命人烤螺，虚惊一场，谣言不攻自破。

民国七年（1918年）卜居崂山，居半年有余，旧疾痊愈，却新增失眠之症，同年夏末回乡居住。

民国九年（1920年）回崂山避暑，其间随道士陆士凌学丹符咒语驱鱼之术。投丹符于水中，便有群鱼游至近前，挥斥不去。因先生遗作中未有详载，其术不详，其后的捕鳝活动即为此法，可惜未传于世。

民国十年（1921年），由鱼钩受到启发，自制捕鳝钩杆，经反复调试，终于制成。同年秋，与仆人出海夜捕鳝鱼，并于船上烹制，得海上至鲜之味，自认为是"平生最大功业"。

民国十一年（1922年），染寒疾，逢阴雨天则关节疼痛难忍，深秋夜出海所致。外出求医，得缓，暂停捕鳝。

民国十二年（1923年）秋，于桂树下吃清蒸鳝鱼。适逢桂花入碗，更添鳝鱼之色香，与鳝肉之滑腻相得益彰。遂自创桂花鳝烹饪法，以桂花瓣煮鳝段，味美异常，成为东海名菜，至今流传。

民国十三年（1924年），辑录并刊行《揽潮阁诗谱》，收录何鲆、汪子明、宋愈、刘思远、陈元燮、张可靖、张可之、冯焕、周思明、蔡云让、周泰来、李知古等五十余人的诗作，多记海上形胜。

民国十四年（1925年），作《潮汐考辨》《潮汛志》等多篇文章，详解海潮汐变化时刻及换算之法，并编有潮水时间歌诀。

民国十五年（1926年），辑录《揽潮阁诗镌》，内收录王引璋、王恭量、陈渡庐、吕本璋、盛奎、盛茂、白鹏远、李知古、冯煜、周泰来、宋琚、何鲆等三十余人的诗作。

民国十六年（1927年），注疏《海岛算经》，并认为"海上算事尽备于此"，并依《海岛算经》之法对近海几座岛屿进行了测算，一并附于注疏之后，是近代运用《海岛算经》于实践的先驱之一。

民国十七年（1928年），夫人吴氏病逝。

民国十八年（1929年），先生欲作《东海志》，昔年余暇时已作疆域、风俗、物产、商贸四篇，又补三篇，后因病未成。初稿因乔迁而散佚，后因屡病而无心重作。

民国二十年（1931年），本县重修前朝名胜揽潮阁，由先生题匾并撰碑记一通，碑文八百七十二字，记揽潮阁兴废之变。原碑今已残，现内移至揽潮阁前厅。

民国二十二年（1933年），焚少年时代八股应试文章，科举之外的诗文另函别存，格外珍重，欲传于后人。

民国二十四年（1935年），作《治鳝书》一卷，另辑录《咏鳝诗》二十首，工楷附于《治鳝书》之后。《治鳝书》记捕鳝、烹鳝之事，事无巨细，另绘制捕鳝钩杆图示子孙，并令誊写三卷，分付子孙妥善保管，似乎预感到大限将至，故有托付遗作之举。

民国二十五年（1936年）十一月初三夜，闻梁上有妇人低呼"夜哭郎"三声，忙告知儿孙。儿孙皆未闻，顷刻卒于家，终年六十有九。身后有二子，皆不仕。另有一女，嫁于诸城刘氏。

民国二十五年（1936年）十一月初九，家中设灵堂，往来吊唁者络绎不绝。族兄何荃挽联曰："饮酒读离骚，唯有吾兄堪共语；发函得心史，底须本穴为深

渔具列传

藏。"有半岛名士赵三畏挽诗曰："东来海上秋风客，治鳝偏为至善人。"崂山道士贺子风真人为先生旧日相识，偶过其门，方知先生殁世，前往吊之，见名士盈门，后学才俊哭祭于堂前，巡视堂前多时，又见联句珍奇俊逸，不由再三嗟叹，即席作挽联曰："海隅尚有遗贤，名下固无虚士。"

民国二十五年（1936年）十一月初十，先生葬于崂山脚下。碑文曰："何渔隐先生之墓。"前清军机大臣吴郁生亲题。

（选自何鲆《治鳝书·自叙卷一》，何渔隐长孙何原撰，选入本书时有删节）

注：

值得注意的是，在这份芜杂的个人年谱上，充斥着生老病死和是非成败的细目，可以看到，何渔隐的青年时代（1876—1895年）迅速跳脱成一片空白。在这长达十九年的时间内居然无事可记，应当不是年谱撰写者的疏忽大意所致，只能说明何渔隐在这些年里没有大事发生，或者做的全是无聊的事，比如八股的科举训练，漫长而又貌似有着重大意义的长久劳动，日复一日的破题与誊写……书斋的晴窗由明转暗，再由暗转明，油灯燃了又熄，熄了又燃，窗纸被春雨打湿，不多久又会听到雪片扑打的微响，窗前伏案的那个人以此来辨别时序。此间不知年月，最终却指向了虚无的结局，即便他是幸运的——帝国的大门曾朝他敞开，随即又匆匆关闭。这样的失望，远远大于终生在门外徘徊所带来的失望。

每个人的青年时代都是这样荒废的，在宏大题旨引诱、教唆下的荒废。直到民国二十二年（1933年），时年六十六岁的何渔隐焚烧了自己年轻时应试的八股文章。当跳跃的火光在他脸上亮起来的那一刻，帝国的神话才在烟火中骤然破灭，只不过这一天来得稍显迟了一些。即便如此，他也已胜于那些终生执迷不悟者。火光倒毙之后，只剩下一堆灰烬，满屋黑烟，半生的文章功业终成梦幻泡影。

何渔隐青年时代的荒废具有普遍的象征意义，这样的荒废每个时代都有，代表了每个时代青年人一成不变的无序之痛苦。

　　　　　　　　　　　　　　　渔具列传

补记二
姒芒氏东猎于海

姒芒氏，夏代君主，大禹的七世孙，以姒为姓，以芒为名，是夏王朝的第九个王。他的祖父是夏王朝第七任王姒季杼，父亲是第八任王姒槐。姒芒氏在位时间大约为公元前2014—前1997年，他所在的年代，与我们当下的年代极为相像，正如数轴上的正负对称——以公元元年为原点的对称，使人不由得产生了镜像般的晕眩，仿佛来自宇宙深处的遥远对称，不可计量的岁月也忽然出现了明朗的轴心。此外，姒芒氏的"东猎"活动也有与之对称的"西狩"，一个意气风发，另一个是仓皇狼狈。

姒芒氏后芒元年（公元前2014年），姒芒的父亲姒槐在位约二十六年死。姒芒继承了其王位，举行了隆重的祭黄河仪式。除了把猪、牛、羊沉于河中，还豁出老本，把当年舜帝赐给大禹象征治水成功的"玄圭"也沉在河水中。玄圭即黑色之玉，又是舜帝赐给大禹的，价值难以估量。沉祭之风就此兴起，愈是贵重之物愈显沉祭之诚。后来这个仪式延续了数千年。周代以后，沉祭仍很盛行，无数宝物由黄河沉陷，有的陷进黄河泥沙，随着黄河不断改道而深埋地下，有的则直接冲进了无边的大海。姒芒氏的族人望着东去的大河，心中怅然若失。在族人的传说里，玄圭变成为数众多的黑鱼。它们不吃不喝，终日游弋，片刻不能停留。只要停下，它们就会变成石头，所以只能不停地游动，游动的方向却毫无规律。无数黑鱼搅动着一条大河，波澜皆由此而生，这是古老氏族命运的最佳隐喻。

在战国时的帛画中，姒芒氏是一个骑鱼的顽童，因此我愿意把他想象成一个孩子。他正处在人类的童年时代，不可避免地沾染了活泼好动的天性。祭河之后，姒芒氏又跑到东海之滨游玩。那时的世界尚在混沌中，不知姒芒氏对自己的疆土是怎样认识的。毫无疑问的是，在他看来，天空之下就是大地。他隐约知道地之东极便是海。如此单一的划分，普遍代表了先民的世界观。就在东海边，姒芒氏意外捕获了一条龙头鱼身的怪鱼。群臣向他称贺，认为是海神所赐，见到此鱼的君主可垂拱而治。传说此鱼便是"龙生九子"之一的螭吻，又名鸱尾，龙头后附有鱼尾，是龙头鱼身的海中怪兽。据《太平御览》引《唐会要》载："海中有鱼虬，尾似鸱，激浪即降雨。"龙头鱼身的怪物在海中摇头摆尾地分开波浪，一场大雨就紧接着落下，龙和鱼的特点在它身上结合得如此完美。它时时现于海上，作为圣王降世的祥瑞之兆。后来它被请上了屋脊，因它属水性，能克制火灾，所以古建筑的屋脊上常见螭吻的身影。

娰芒氏端详着螭吻，就像初生的孩童打量世界。

娰芒氏所在的年代，真是名副其实的人神并存的年代，古老民族的元气浑然激荡，神话的年代总是莽莽苍苍而又单纯透彻，那是最简单的年代，同时又是最复杂的年代。你知道，那样的年代一去不复返了。我们的年代恰恰是貌似复杂实则简单的，本文开头说到的对称，再一次得到了印证，今昔时序的倒错，使我们可以在历史的旧迹里找到前世之身，在不存在的年代里生活，就像在镜中看到相反的自己。

《古本竹书纪年》中提到夏王娰芒"命九夷，狩于海，获大鱼"。对娰芒氏东猎于海的事件仅此一句记载，其他细节不详，只能靠现有资料做出推测。九夷即东夷部族，九非确指，而是泛指部众之多。他们的活动地区最早在淮河北岸，后迁至山东半岛，是历史上长久活跃于山东半岛的渔猎部族。"狩于海"的行动，《古本竹书纪年》中未载明所用方法，在当时的原始条件下，应该以叉、钓、射为主。九夷部族的大规模海上捕猎，在当时是一大壮举。那时的海洋尚未有人涉足，渔业资源丰足，东夷部族因此迅速壮大起来，成为崛起于东方的一支重要力量，海洋也由此成为先民自由活动的狩猎场所。古老的海洋因人的到来而变得喧闹不安，生出大风浪来驱赶入侵的人类，但这似乎无济于事。即便有渔船被风暴掀翻，人们照样前仆后继。海中鱼虾吃惊地看着水面上骑木而来的怪物——他们手擎鱼叉，从海里叉出一条条大鱼，梭镖弹射入水。鱼群中不断有鱼中箭，得胜归来的族人击鼓震天。不久之后，这鼓就由兽皮换成了鲨鱼皮，新屠的白鲨鱼的皮，在阳光下散发着偏蓝的冷光，皮上还带着隐隐血迹，标志着他们由山野猎人转变为海上猎人。鲨皮鼓每敲打一下，海中鱼虾身上都会产生一阵痉挛，翻身栽倒在水面，任人捕捞。海洋作为无人涉足的蛮荒地带的时代终于成为历史，在鲨皮鼓的隆隆攻势下，大海节节败退。

后 记

当我开始把海洋渔具看作一种理想中的文本（渔具中体现的锋利、缠绕、回旋、无限、绵延等属性暗合现代性题旨），不计年月的劳作便开始了。在此期间往来于渤海、黄海、东海及南海，访求渔具实物，搜集渔具故事，多数文稿是在途中写就。成稿之后，对个别章节不满意，几年的时间内又忍痛做了大量删改，艰辛难以尽述。

单从本书的书名来看，有人立即做出判断，认为《渔具列传》是一种类似于"说明文"的浅易介绍性文本，或者以为这是一本"钓鱼的书"。望文生义的本领，多半来自填鸭教育的秘传，内中充斥着浓重的"标准答案"的气味，足可误人一生。正如把《钢铁是怎样炼成的》臆断为工业冶炼之书，把《金瓶梅》妄测为梅花种植指南，抑或把《动物农场》认作是儿童读物，并且欣欣然以为得其真意，条件反射式的浅层认知，实该引起警惕。各路利己主义的豪杰蜂拥而出，虽则聪颖练达，却也丝毫不妨碍他们成为无趣的人。

并非读者在选择书，是书在选择读者。

《渔具列传》充满了传奇、野史、方程、考据、引语、名人生平、考察手记，甚至一些"美的碎片"，古东夷部族的渔猎精神在纷繁的渔具谱系中得以集束式释放。至于本书所写的一切，读者大可不必当真。本书开篇声称是根据一部珍稀的古籍残卷推演而来，明眼人自然知道，这是移形换位的自我分裂术，借此可以元神出窍，远离本体，再回头反观己身。需要说明的是，本书内容多为虚构，从开篇的《广渔具图谱传序》，一系列渔具图像，再到何渔隐生平年谱，诸如此类，都是建立在多方知识储备基础上的虚构。在这里，虚构已经突破了狭义的文本界限，就连插图、考释、采访，甚至作者身份，也都可在虚构之列。

有饱受遮蔽之众，宁愿相信标准答案，却对虚构抱有古老的敌意。不确定的文本如同命运，原本难以量化，《渔具列传》在可解与不可解之间。

是为后记。

盛文强

二〇一五年八月

再版后记

　　《渔具列传》本是旧作，大约动笔于十年前，其时经历了一番颠倒梦幻，冷暖自知。悔其少作，是人之常情，近来修订书中文字及图像，才知当时在表达上有未抵之处，而那团近乎无用的偏执，乃至海角奇闻碎片的拼贴，仍自珍惜。

　　从《渔具列传》开始，我的写作发生了变化，及时终止了散漫的写作方式，耻与吟咏嬉戏之辈为伍。择一处向内里开掘，逐渐产生了文本的自觉，与之相应的，是高密度的案头劳作与田野实践。现在来看，这本书也是我从事职业写作的发端。

　　后来，我的题材选择似乎愈加冷僻，也因此为人诟病，恰似众声合唱之时忌惮杂音。我素来喜静，不喜欢到人多的地方去。从喧哗中抽身而去，恐怕没有几个人愿意做。十年过去了，当初一同写作的朋友，终于都乘坐火箭离开。昔年的精神同类，也多已塌陷为黑洞。

以渔具入小说，自然是意气相亲，它们比人更值得信赖。在船上找到的网片、蟹笼、铁钩，不事雕琢，可谓简到极致。后退到无可退之际，便呈现出朴野的骨相之美。外部世界日新月异，然而不变的，正是那些难以改变的。

盛文强

二〇二〇年八月

附

录

附录一　中华民国《渔业法》

（1929年11月11日）

第一章　总纲

第一条　本法称渔业者，谓以营利之目的，而为水产动植物之采捕或养殖。本法谓渔业人者，谓为渔业之人及有渔业权或入渔权之人。

第二条　本法称行政官署者，在中央为农矿部，在各省为农矿厅，未设农矿厅者为建设厅，在各地方为渔业局，未设渔业局者为县政府。

第三条　凡在中华民国领海或其它公用水面，取得渔业之权利者，应依本法呈请该管行政官署核准登记。转报主管厅部备案。

前项之呈请人，以有中华民国国籍者为限。渔业登记规则，由农矿部定之。

第四条　非公用水面，而与公用水面连成一体者，适用本法。器前项水面是占有人或水底地之所有人，经该管行政官署之核准，得限制或废止他人关于渔业之利用。

第二章　渔业权及入渔权

第五条　渔业权视为物权，准用民法关于土地之规定。

第六条　以渔业权为抵押者，其定着于该渔场之工作物，除契约别有订定外，视为附属于农业权而成为一体之物。

第七条　法院之土地管辖依不动产所在地而定者，以与渔场最近沿岸所属之乡镇或相当之行政区域为不动产所在地。

第八条　渔业权非经该管行政官署之核准，不得分割或为其它之变更。

第九条　渔业权之存续期间，由该管行政官署定之，但不得逾二十年。

前项期间因渔业权人之申请得更新。

第十条　入渔权人依契约或地方习惯，有入属于他人专用渔业权之渔场内，经营该专用渔业权全部或一部渔业之权利。

第十一条　入渔权视为物权，但除继承及转让外，不得为权利之标的。

第十二条　入渔权非经渔业权人之同意，不得转让，但地方别有习惯者，不在此限。

第十三条　渔业者或入渔权为共有者，其各共有人非经其他共有人之同意，不得处分其应有部分。

第十四条　入渔权之存续期间未经订定者，视与该渔业之存续期间同。

第十五条　渔业权人得向入渔权人收取入渔费，如怠于交付，渔业权人得拒绝其入渔。入渔权人连续两年以上怠于交付入渔费的，渔业权人得请求入渔权之消灭。

第十六条　前一条之规定，如与地方习惯有不同时，从其习惯。

第三章　行政及管理

第十七条　凡欲设定置渔具以经营采捕业或区划水面以经营养殖业者，应呈请该管行政官署核准，转报主管厅、部备案。

第十八条　凡欲专用一水面经营渔业者，应呈由该管行政官署，转呈主管厅核准，转报农矿部备案。

前项专用水面之权利，非经渔会之呈请，不得核准。

第十九条　除前两条规定外，农矿部如认为有应予特许之渔业，以命令定之。

第廿条　行政官署为保护水产动植物之繁殖或为其它公益之必要，于渔业之核准时，得加以限制或附加以条件。

第廿一条　渔业经核准后，如有左（下）列各款情形之一者，行政官署得撤销之：

（一）自核准之日起，一年内不从事渔业，或继续停业满二年者。

（二）渔业之核准发现有误者。

第廿二条　在有左（下）列各款情形之一者，行政官署得限制或停止已核准之渔业，或撤销其核准。

（一）因保护水产动物繁殖之必要者。

（二）因船舶航行碇泊之必要者。

（三）因安设水底电线或国防及其它军事上之必要者。

（四）于公益有妨害者。

第廿三条　渔业人违背本法或根据本法所发布之命令时，行政官署得限制停止其渔业。

第廿四条　渔业人于左（下）列事项有必要时，经行政官署之许可，得使用他人之土地或限制其竹木土石之除去。

（一）建设渔场之标识。

（二）建设或保存渔业上必要之目标。

（三）关于渔业之信号及其它必要之设备。

第廿五条　因关于渔业之测量实地调查或为前条之目的有必要时，经行政官署之许可，得入他人之土地内除去其障碍之竹林或其它障碍物。

第廿六条　为前二条之行为者，应预先通知该土地所有人或占有人，其因此所生之损害应赔偿之。

第廿七条　行政官署得命于渔业人建设渔场之标识。

第廿八条　行政官署对于水面一定区域内所安设之工作物，认为有妨害鱼类之通路时，得命其除去妨害之工事。

第廿九条　依前条规定所为之工事，行政官署应给予相当之外补偿金，但因利害关系人之呈请而命其为工事者，行政官署应决定金额由该呈请人补偿之。

第卅条　依法令之规定于监督渔业有必要时，该管行政官署得在渔业之船舶店铺及其它场所检查其簿据及物件。

前项检查时，如发现有关于渔业犯罪之事情，得为搜索或扣押其足以证明犯罪事实之物件。

第卅一条　对于渔业之核准登记期满更新或其它呈请事件之准驳有不服，及第四条第二项、第廿一条、第廿二条、第廿三条、第廿八条各规定之处分有不服者，得提起诉愿，其因违法而害及权利时，得提起行政诉讼。

第卅二条　渔业人间，关于渔场之区域，渔业权与入渔范围及渔业方法有争执时，其关系人得呈请该管行政官署裁定之。

不服前项之裁定者得提起诉愿，其因违法而害及权利时，得提起行政诉讼。

第四章　保护及奖励

第卅三条　行政官署为保护水产动物之繁殖或取缔渔业，得发布左（下）列命令：

（一）关于水产动植物采捕之限制或禁止。

（二）关于水产动植物及其制品之贩卖或特有之限制或禁止。

（三）关于渔具渔船之限制或禁止。

（四）关于投放有害水产动植物之物之限制或禁止。

（五）关于采取或除去水产动植物繁殖上所必要保护之物之限制与禁止。

前项之命令得设关于渔获物及渔业之没收与追征价额之规定。

第卅四条　在渔汛期内该管行政官署，应呈请派遣护船任救护巡缉之责，其办法由农矿部定之。

第卅五条　渔获物之征税，以一次为限，其税率不得过值百抽五，以前对于渔获物及渔具渔船等各种正杂税捐，一律免除。

第卅六条　渔业所用之盐，其税率每百斤最多不得过二角。

第卅七条　政府为奖励渔业之改良发达，应于预算内特设渔业奖励金及渔业银行之基金。

第卅八条　有左（下）列各款情事之一者，该管行政官署得呈请主管厅转请农矿部核准给予奖励金。

（一）以汽船或帆船在远洋捕鱼或运鱼者。

（二）设备护船常在一定水面任救护或巡缉者。

（三）改良渔船渔具或采捕之方法者。

（四）创办水产学校著有成绩者。

（五）设备水产物之制造及其使用之器械者。

（六）设备水产物之储藏仓库或搬运之舟车者。

（七）新辟渔港或船湾者。

（八）新设水产之繁殖场、畜养场、鱼种场、人工孵化场者。

（九）其它有认为应奖励之事项者。

第卅九条　渔业奖励规划由农矿部定之。

第五章　罚则

第四十条　侵害渔业之权利者，除赔偿损害外，处200元以下罚金。

第四十一条　迁移污损或毁坏渔场标识者，处50元以下罚金。

第四十二条　拒绝或妨害第卅条所定之物之执行或在检查搜查时，对于官吏之询问不答辩或为虚伪之陈述者，处100元以下罚金。

第四十三条　有左（下）列各款情事之一者，处200元以下罚金。

（一）未经核准或在停止期内而经营渔业者。

（二）违背核准之条件而经营渔业者。

（三）于专用渔业停止期内，在该场所经营所停止之渔业者。

（四）违背关于渔业之限制或禁止之命令而经营渔业者。

依前项各款处罚者得没收其所有之渔获物及渔具，不能没收其全部或一部时，得追征其价额。

第四十四条　私设栅栏建筑物或任何渔具以断绝鱼类之通路者，处200元以下罚金。

第四十五条　投放药品饵饼或爆炸物于水中，以麻醉或灭害鱼类者，处一年以下徒刑，并科100元以下罚金。

第六章　附则

第四十六条　国营及公营之渔业，除法律别有规定外，准用本法之规定。

第四十七条　本法施行规则由农矿部定之。

第四十八条　在本法施行前取得渔业之权利者，应于本法施行后一年内依法呈请登记。

第四十九条　本法施行日期以命令之。

附录二　中华民国《渔轮护洋缉盗奖励条例》
（1914年4月28日）

第一条　凡本国人民以公司或个人之名义购置渔轮，经本部立案者，许其于洋面护洋缉盗之权。

第二条　前条规定之渔轮，得由政府给予护洋缉盗奖励金。

前项奖励金额，每年不得超过六万元。

第三条　奖励之种类如左（下）：

甲　渔轮奖励：

一　渔轮于鱼汛期内，愿牺牲捕鱼利益，指定某水面专任护洋缉盗者。

二　渔轮指定水面，愿常年常兼任护洋缉盗者。

三　前二项之渔轮，于指定巡辑水面，一年内无渔船被盗者。

乙　渔猎员奖励：

一　船主船员缉获海盗在一名上者。

二　船主船员因捕盗而死亡或负伤者。

第四条　奖励之方法如左（下）：

一　第三条甲类第一项渔轮之奖励金，每轮每月给七百二十元，以渔（鱼）汛期为限。

二　第三条甲类第二项渔轮之奖励金，除渔（鱼）汛期内从本条前项规定外，每轮每月给一百元。

三　第三条甲类第三项之渔轮，船主奖以一等褒章，船员每轮共奖银币二百元。

四　第三条乙类第一项之渔猎员，每获一盗，船主奖与二等褒章，船员全体共奖银币五十元。

五　第三条乙类第二项之渔猎员，船主因捕盗而死者，给银币二百元。如负伤时，酌给银币四十元以下十元以上；船员因捕盗而死亡或负伤者，照船主例减半抚恤。

第五条　凡船主船员因捕盗而死伤者，须就近报明官厅验查确实，其应给之费，即由该轮之经理处遵照第四条第五类所定之数，先行垫给，呈明本部给还。

第四条第四项之奖励，除褒章由本部发给外，其奖励金亦由该轮经理处垫给呈明本部给还。

第四条第一第二第三等项之奖励金与褒章，由该渔轮经理处于年终呈明本部核给。

第六条　凡渔轮无论为专任护洋缉盗者或兼任者，均须于两个月前，呈请就近主管官厅转呈本部发给护洋执照，其无执照者，不得受奖。

第七条　凡渔轮在水面捕鱼时，遇有盗船，准其越界追缉时，不得限以汛地。

第八条　凡呈请护洋缉盗之渔轮，应报明官厅者如左（下）：

一　该渔轮系公司所有者宜报明公司名称及代表人之姓名年岁籍贯住址；系个人所有者，宜报明其姓名年岁籍贯住址。

二　该渔轮之名称。

三　该渔船之形状。

四　该渔船停泊何所。

五　该渔船巡缉何所。

六　船主船员之姓名年岁籍贯。

第九条　凡领照护洋缉盗之渔轮，须随时造册，呈请就近主管官厅转呈本部，其应记者如左（下）：

一　巡缉之月日。

二　救护某帮渔船若干艘。

渔具列传

三　救护渔民若干名及其姓名年岁籍贯。

四　辑获海盗若干名及其姓名年岁籍贯。

五　缉获之盗于某月日送交某官厅。

第十条　凡本部批准护洋缉盗之渔轮，每轮应准配炮二尊、枪八枝（支），须于呈请给照时合并呈明，由本部分别咨令该省都督民政长发给。

第十一条　凡应得奖励褒章者，并给与证书。

第十二条　本条例自公布日施行。

附录三　渔具词汇英汉对照表

A

anchor 锚

awning 天篷

B

back 表面上

bag 囊网

bait 饵料

bait casting 投饵

bait fishing 饵钓

bamboo float 竹浮子

barb 倒刺

barrier 沙坝

basket 钓筐

beach seine 地拉网

beam 船梁

belly 网腹

bitt 系缆桩

block 滑车

boat 小船，小艇，舢板

boat deck 艇甲板

bollard 系船柱

boom 吊杆

bottom paint 船底漆

bottomset 底积层

bottom trawl 底拖网

bow 船首

bracket 托架

brailer 抄网

breasting dolphin 靠船墩

breakwater 挡浪板

bridge wing 船桥

bridle 手纲

bull trawl 对拖网

buoy 浮标

buoy line 浮标绳

bunt 取鱼部

C

cage 笼，罩，盆

cask buoy 桶形浮标

cast anchor 抛锚

cast off 解缆

catamaran 双体船

ceiling board 舱底板，舱底护
板

chamber 舱

circle net 围网

clam dredge 采蛤器

clay boat 泥舟

clew line 卷帆索

clutch 离合器

codend 网囊

coir 棕绳

cord 绳，线，弦

crowfoot 吊索

crab pot 蟹笼

cuttlefish pot 乌贼笼

D

danleno 撑杆

deadman 锚定桩，锚定物

deck 甲板

disembark 登陆，下船

dipnet 抄网

direction finder 测向仪

dock 船坞，港池

dock-yard 船厂

double knot 双结

driftnet 流网

drag 海锚

dragger 小拖网船

drag net 曳网

drag to 走锚

dredge 底拖网

dredger 挖泥船

drift net 流网

E

embolism 栓塞

end bracket 端支架

eye splice 眼环

F

fish bin 鱼槽

fish finder 探鱼仪

fish hold 鱼舱

fish pump 鱼泵

fishing deck 渔捞甲板

fishing gear storage 渔具舱

fishing lamp 集鱼灯

flapper 舌网衣

float 浮子

foremast 前桅

frame 构架

G

gallows 网板架

gangway 舷门

gear 设备，装置

G-hook G形钩

gill net 刺网

ground rope 沉子纲

H

handline 手钓线

hanging (of netting) 缩结

harpoon 鱼叉

hatch 舱口

head cutter 去头机

heaving bag 胀囊网

hook 钓钩

hook shaft 钩柄

hook tip 钩端

hoop net 圈网

hopper 漏斗

I

inflatable float 充气浮子

inverse tassel 倒须

J

jig 滚钩

joining (of net sections) 缝边

K

kite float 鸢式浮子

knot 结

knotless netting 无结网衣

L

lacing 连缀

lay 投放

lead 铅沉子

leg 空纲

life ring 救生圈

lift net 敷网

light fishing 光诱渔法

line 索，纲，钓线

link 链环

live bait 活饵

longline 延绳钓

longliner 延绳钓渔船

losing 减目

low bridle 下手纲

lure 饵料

M

mainline 干线

main mast 主桅杆

mast 桅杆

mesh 网目

meshsize 网目大小

mid bridle 中手纲

midwater trawl 中层拖网

monofilament 单丝

mud rope 泥索

multifilament 复丝

N

net 网

net platform 网台

netting 网衣，网片

netting yarn 网线

O

octopus pot 章鱼罐

otter board 网板

otter trawl 网板拖网

outrigger 舷外撑杆

overhand knot 反手结

purse net 围网

purse ring 底环

purse ring bridle 底环绳

P

pair trawl 双拖网

panel (of net) 网衣

pendant 游纲

pipe 管道

pocket 拦鱼网

pole 钓竿

pot 笼，网箱

pound net 陷阱网

preservation 防腐

propeller 推进器

pump 泵

purse line 括纲

Q

quarter rope 引扬纲

R

radar 雷达

rail 栏杆

recessed link 槽型环

reef knot 平结

reel 卷筒

rigging 索具

ring net 环网

roller 滚柱

rope 绳索

round-haul net 袋围网，旋网

S

sail 帆，帆船

scoop net 捞网，抄网

search light 探照灯

seine 围网

seiner 围网船

selvedge 缘网衣

setnet 定置网

shackle 卸扣，钩环

shrimp trawl 虾拖网

shrimp trawler 虾拖网渔船

shutter 闸

side light 舷灯

side stream 支流

side trawler 舷拖渔船

skiff 快艇

square net 网盖

stake net 张网

stick-held lift net 舷敷网

strengthening rope 加固索

strop 环索

sunk driftnet 底层流刺网

surrounding net 围网类

swivel 转环

T

tangle net 刺缠网

tank 槽

top bridle 上手纲

towline 拖缆

trammel net 三重刺网

trawl gear 拖网渔具

trident 三刺鱼叉

twine 线，拈线

V

vinge trawl 有翼拖网

W

warp 曳纲

Weaver's knot 编织结

weight 重锤

whale gun 捕鲸炮

winch 绞车

windlass 起锚机

wing 网翼

wingtip 网翼端

wire 钢丝绳

wrist strap 袖箍

wood float 木浮子

wood-pile dolphin 木桩系船墩

work boat 作业船

Y

yarn 线

Z

zipper line 卸鱼网门拉锁纲

zipper ring 卸鱼网门拉锁环